ベリーズ文庫

恋より仕事と決めたけど

宝月なごみ

JN167465

STARTS
スターツ出版株式会社

目次

恋より仕事と決めたけど

恋より仕事と決めたけど

同じレジデンスの住人

誰にもチョコレートを贈ることのないバレンタインを終えた、二月の中旬。

暦の上は春でもまだまだ冷たい風を切って、私は走っていた。

神崎志都《かんざきしづ》、大手の食品専門商社『パンドラパントリー』本社の国内営業部所属で、一昨年からワインプロジェクトチームのリーダーを務めている三十歳。

モノトーンのシンプルなランニングウエアに、イエローのシューズ。背中まであるストレートの髪は高い位置で結っている。

ランニングの習慣があるおかげで太ってはいないが、身長は平均より高めの一六八センチ。きつい性格だと誤解されやすい大きな猫目、尖った鼻や顎は、自分ではあまり気に入っていない。怒っていないのに『怒ってる？』なんて聞かれることも多いから、常に微笑みを意識していないといけないのも疲れる。

そんな日頃のストレスや仕事の悩みなどが複雑に絡み合う頭の中をクリアにするには、ランニングをするのが一番。学生時代から続けている習慣なので、この年にしては走れる方だと思う。

日曜日の午前九時過ぎ。平日より人の動き出しが遅いせいか、朝の気配が残る街の空気は爽やかだ。

隅田川《すみだがわ》沿いを海の方へ向かうにつれ、潮の香りが混じった風が肌を撫でていく。

ここは東京《とうきょう》の臨海部、勝《かち》どき。会社のある浜松町《はままつちょう》までのアクセスもいいし、買い物をする場所にも困らない。土地や住宅の価格も相当なものだが、私は少々背伸びをしてグレードが高めの賃貸マンション――いわゆるレジデンスに今年から住み始めた。

背伸びといっても、自分の貯蓄額や会社の住宅補助、これからのライフプランなどしっかりと検討して選んだ物件なので、無理をしたわけではない。

これからもおひとり様で生きていくなら、快適な家に住んだ方が人生も充実するかな、なんて。付き合っていた恋人にフラれ、同居していた弟が結婚を決めひとり暮らしになった二年前から、漠然とそんなことを考えるようになった。

寂しさを忘れようと仕事に打ち込めばそれなりの評価は得られたけれど、独りぼっちでどことなく虚しい気持ちはどうしてもつきまとい、心機一転、新居へ引っ越したい思いがどんどん強くなった。

そうして、実際に不動産会社に足を運んで物件情報をリサーチしたり、モデルルームの見学を繰り返すこと数カ月。

ようやくここだ！と思える物件が見つかり、すべての手続き・準備を終えて入居できたのが、今年の一月。

新しい年を迎えたタイミングでの引っ越しは気持ちを切り替えるにもちょうどよくて、ここからリスタートだと前向きになれたつもりだったのに……。

『強い女ぶってるだけかと思いきや、本当にたくましいよな。もうちょっと男を立てるってこと覚えた方がいいぞ』

ふいに、元恋人からの皮肉交じりの助言が、耳の奥でこだまする。耳に嵌《は》めたワイヤレスイヤホンから音楽が流れているというのに、それよりもずっと大音量で。

その人に未練があるわけじゃない。

なのにこんなにも彼の言葉にとらわれているのは、本当は私自身が一番〝たくましい自分〟をコンプレックスに思っているからだろう——。

どんなに走ってもなんとなく無心になれないまま、海が見える埠頭でコースを折り返す。自宅方面へしばらく北上している途中、イヤホンの音楽が自動で停止し、スマホの着信音が流れてきた。

走る速度を緩め、斜めにかけたランニングポーチからスマホを出す。電話を掛けてきたのは、弟嫁の千笑《ちえみ》ちゃんだった。私には弟がふたりいるけれど、前のマンションで同居していたすぐ下の弟・大志《たいし》の奥さんだ。

『もしもし、お義姉《ねえ》さん？　今大丈夫ですか？』

「うん、平気。ランニングしてきたとこ」

本当はまだ途中だったけれど、あまり気分転換にはなっていなかったので、このまま歩いてマンションに帰ろうと決める。

彼女とは実の弟たち以上になんでも話せる仲で、時々こうして電話をしたり、女子会ランチを計画したりするのだ。

『あの辺、走るの気持ちよさそうですもんね。ところで私が送ったルームウエア、届いてます？　お義姉さんが好きそうな柄で即買いしちゃったんですけど』

「ホント？　うれしい～。まだ受け取ってないから、帰ったら不在票ないか見てみる」

外で身に着けるものや小物などはシンプルなものが多いけれど、家で着るものやインテリアは趣味全開にしている。というのも、あまり公にしたい趣味ではないからだ。

家族以外で千笑ちゃんだけがそれを知っていて、自分では買いにくいだろうからと時々プレゼントしてくれる。

『ちなみに最近、出会いとかないんですか？　もちろんメンズですよ？　ご近所さんとか』

「千笑ちゃん……私が出会いを期待して引っ越したわけじゃないの知ってるでしょ？　せっかくおひとり様生活を謳歌しているところなんだから、メンズとの出会いなんてむしろない方がいいの」

千笑ちゃんは親切なだけに少しお節介なところがあって、私が前の恋人と別れてからしきりに新しい出会いを勧めてくる。彼女自身がかなりの恋愛体質らしく、弟との結婚生活についても、一度話し出すと惚気が止まらない。

『そりゃ知ってますけど……お姉さん美人だし、せっかく大手に勤めてハイスペイケメンたちに囲まれているのに、もったいないなぁって』

「まぁ、確かにモテそうな人たちは多いけど。そういうキラキラした人って苦手なのよ。勝手な偏見だけど、腹黒い部分がありそうで」

千笑ちゃんには『偏見』と言ったけれど、本当は実体験でもあった。熱心に仕事を指導してくれていた憧れの先輩から、突然手のひらを返された経験があるのだ。

『だからって、家で〝ボブ〟とばっかり戯れてちゃダメですよ？　お義姉さんの趣味をわかってくれるスパダリだって、きっとどこかにいますから！』

「う〜ん……スパダリねぇ」

曖昧に濁しながら歩いていると、建設中のビルがいくつも見えてきた。

その奥でひときわ存在感を放っているのが、私が住むマンションだ。地上二十六階建てで、青空に映える白い外壁が眩しい。

『あっ、大志が起きてきた。それじゃお姉さん、また今度、ランチでもしましょうね』

「わかった。ルームウエア届いたら報告するね、ありがとう」

千笑ちゃんとの通話を終え、マンションの敷地へ入る。出て行く時には空いていた平面駐車スペースに引っ越し業者のトラックが停まっていた。

人気の新築マンションだがわずかに空室もあるらしいので、新しい住人がまた増えたのだろう。

エントランスから中へ入ると、通路のあちこちがブルーの養生シートで保護されていた。ポストに寄ってみたけれど、中は空っぽ。千笑ちゃんからの荷物はまだのようだ。搬入の邪魔にならないようそそくさエレベーターへ向かうと、ちょうど扉が開いて、エレベーターに乗っていた男の人がひとり出てきた。

同じマンションの住人だからといってとくに挨拶する習慣はないので、スッと男性の横を通り過ぎようとした時だった。

「神崎さん？」

なぜかその男性に名前を呼ばれ、ゆっくり瞬きをする。どこかで聞いたことのあるような声だった気もして、おそるおそるその人物の顔を見上げた。

私よりも二十センチほど高いであろう、すらりと伸びた長身。ナチュラルに下ろされた前髪が軽く目にかかっているのに、そこから覗《のぞ》くアーモンドアイが放つ眼差しは力強い。

中央にまっすぐ伸びた鼻筋、形のよい唇、どのパーツもたぐいまれな美しさが完璧なバランスで配置されている、俳優顔負けの顔立ち。

彼はシンプルなセーターに細身の黒パンツというラフな服装だったが、頭の中でスーツ姿に変換すると、記憶の回路が繋がった。

「真城《ましろ》さん……ですか？」

乗りそびれたエレベーターの前で彼と向き合い半信半疑で尋ねると、笑顔と頷きが返ってくる。

でも、なぜパンドラパントリーきってのエリート営業の彼がここに？

たしか海外に駐在していたんじゃ……。

私が所属する営業部は国内担当と海外担当で部署が分かれていて、世界の市場を相手に大きなお金を動かす海外営業部の方が花形とされている。

当然優秀な社員が揃っており、私より二年先輩の真城昴矢《こうや》さんはその中でも出世街道まっしぐらと太鼓判を押されている人。数年前からはニューヨーク支社で、その営業手腕を発揮していたはずだ。

「忘れられてなくてよかった。先週帰国したばかりで、引っ越しやら色んな手続きに追われているところなんだ。来週からまた本社に勤務する予定だよ」

「引っ越し……？　ってことはもしかして、真城さんこのマンションに？」

「そう。ちょうど今、業者のトラックが到着したって連絡もらったから、出迎えるために二十階から降りてきたところ」

……なんてこと。私の部屋があるのは十八階なのでフロアこそ違うけれど、同じマンションに会社の同僚が引っ越してきてしまったなんて。

しかも、真城さんは私が苦手なキラキラ系エリートの頂点にいるような人だ。会社以外では極力関わりたくない……。

「そ、そうだったんですね。改めてよろしくお願いします」

「こちらこそ、向こうで経験してきたことを還元してみんなの役に立ちたいと思ってるからよろしく」

好意的な反応が私とは真逆で、ぎこちない笑みを返すことしかできない。

「しかし、まさか同じ会社の人が住んでるとは思わなかった。ご家族と？」

「いえ、ひとり暮らしです。私も先月越して来たばかりで……」

「そうだったのか。ここは便利なサービスが色々利用できるし、会社へのアクセスもいいもんな」

「でも、会社の同僚が近所にいるなんてやりづらいですよね……すみません」

真城さんは一瞬きょとんとした後、すぐに申し訳なさそうな顔になる。

「……ごめん、もしかして俺が引っ越してきて迷惑だった？」

「いえ！　決してそういう意味では……！」

今の言い方はちょっと露骨すぎたかもしれない。気を悪くされても仕方がないと反省する。

「きみが同じマンションに住んでいることは口外しないから心配しないで。それと、女性のひとり暮らしでは困ったこともあるかもしれないし、なにかあったら頼ってくれていいから」

屈託のない笑顔を向けられるが、心の中で『頼るわけないでしょう』と思う。

こっちはむしろ、同じマンションにいても彼と極力顔を合わせずに済む方法を考えているくらいなのだ。

真城さんは根っからの人たらしで、営業成績のよさもその性格が関係しているのだとは思うけれど、社交辞令はほどほどにしてほしい。

そう面と向かって先輩に言うわけにはいかないので、仕方なく微笑みを貼りつける。

「ありがとうございます。私も真城さんのことは口外しませんのでご安心ください」

「よし、交渉成立。……そうだ、これよかったら神崎さんに」

思い出したように、真城さんが手に提げていた紙袋を私の前に差し出した。

「引っ越しの挨拶用に準備してたんだけど、いざ挨拶に行こうとしたらうちの隣は誰も入居してなくてさ。オーガニックの洗剤で、一回分ずつ個包装になっているから使いやすいと思う。神崎さんもこれからはご近所さんだし、ぜひ受け取って」

白地に黒の縁取りがお洒落な紙袋、そして個包装の洗剤という品物のチョイスも、さすがは真城さんと言いたくなるセンスだ。

洗剤にとくにこだわりのない私としては、素直にうれしくなる。

「お気遣いありがとうございます。使うのが楽しみです」

「それじゃ、今後ともよろしく。貴重な休みの日に時間を取らせて悪かった」

「いえ、とんでもないです。お引っ越し頑張ってください」

「ありがとう」

最後に向けられた微笑みは眩いオーラを放っていて、直視するのを躊躇《ためら》うほど。

彼の優秀さに憧れる社員は多くても、その屈託のなさのせいか妬まれているという話は聞いたことがない。人の心を掴むのがうまいって、こういうことなんだろうな。

おひとり様生活を気ままに謳歌するために引っ越したのに、なんだかすごい人とご近所さんになってしまった。彼には迷惑じゃないと言ったけど、同じマンションに同僚がいるのは正直落ち着かない……。

完全に気後れしつつ家に帰り、玄関で靴を脱ぐ。その時、シューズクロークの扉についた鏡の自分と目が合った。

「あ」

ランニング中は知り合いにも会わないしどうせ汗をかくだろうと、すっぴんに日焼け止めを塗っただけのさっぱりした顔。

私、この状態で真城さんと話していたのか……。

家族や恋人ほど親しいか、逆にまったくの他人なら構わないけれど、会社の人、しかもエリートと噂されている先輩に無防備な姿を見られたのは、なんとなく不覚だ。

こんな風に偶然顔を合わせることも今後増えていくのかな……。

せっかく引っ越した自分の城が完全なるプライベート空間ではなくなってしまった気がして、思わずため息をつく。

だからって真城さんが悪いわけじゃないし、普段通りの生活を続けるしかない。

彼だって今日は引っ越し初日だから声をかけてきただけで、普段から頻繁に交流するつもりはないはずだ。あまり気にしないことにしよう。それよりも……。

「ただいま～、ボブ～」

自分でもちょっと引くほど甘えた声を出し、リビングに入る。

即座に視界に入ったのは、千笑ちゃんとも話していた、私の秘密の趣味だ。

ソファにでんと座り、つぶらなプラスチックの瞳でこちらを見つめているのは、等身大のクマのぬいぐるみ『ボブ（オス・三歳）』。なにを隠そう千笑ちゃんの職業はぬいぐるみ作家で、そんな彼女から引っ越し祝いでプレゼントされたものである。

私は昔からクマのぬいぐるみやそれをモチーフにした小物、服などが大好きで、大人になったら絶対に大きなクマのぬいぐるみを部屋に置いて愛でるのだという夢を持っていた。

しかし、初めて付き合った恋人にその夢を語り『へー、似合わないね』とバッサリ言われて以来、人前では絶対にぬいぐるみ好きの趣味を明かさないことに決めている。

だから知っているのは家族だけだったのだけれど、弟が千笑ちゃんとの結婚前にポロッとその話をしたら、千笑ちゃんは『義理の姉がぬいぐるみ好きだなんて運命的～！』と感動してくれたらしい。それからいっそう私を慕うようになるとともに、仕事の合間をぬってボブを製作してくれたというわけだ。

「ああ、私の癒しはボブだけ……」

誰にも見せられないほど脱力した体勢で、ボブのふわふわな体に身を預ける。

その間だけは、ランニングの疲れも、近所に同僚が引っ越してきたという面倒な事態も、頭の中から追い出した。


週明けの月曜日。真城さんと出勤時間がかぶらないか少し緊張しながら家を出たけれど、幸いマンション周辺でも通勤コースでも彼と出くわすことはなく、浜松町のパンドラパントリー本社に到着した。

ガラス張りで都会的なデザインの高層ビルの中には、オフィスだけでなく飲食店やコンビニ、銀行の窓口まであるのでとても便利だ。

営業部があるのは十二階で、壁のない開放的なフロアで国内営業部と海外営業部が一緒に仕事をしている。

個人のデスクは一応それぞれの部署で島に分かれているものの、自由に利用できるオープンスペースに部署の区別はない。

個人的には自分のデスクより集中できるので、朝のメールチェックはそこで済ませるのが習慣だ。

しかし、オフィスに入った瞬間、目的の場所に多くの人が集まっているのが目に入ってぎょっとする。営業部はどちらかというと男性社員の割合が多いのに、なぜか女性の姿ばかりだ。

「アメリカワイン、未経験なので飲んでみたいです～。真城さんのおススメは？」

「有名なのはカリフォルニアワインだけど、オレゴン州のピノ・ノワールを使ったものなんかはとても香りがよかったよ。いくつかのワイナリーと契約を結んできた」

人垣の中央にいるのは、ニューヨーク支社から帰還したエリート社員・真城さんだった。予想はしていたけれど、帰国するなり女性社員たちの興味を一手に集めているようだ。そういえば彼がまだ日本にいた頃も、色々女性たちが噂していたっけ。

父親が経営者だから実家がお金持ちとか、身に着けているブランドもののスーツのバリエーションが多彩なうえ、どれもセンスがいいとか。

生まれつきの容姿に恵まれているうえ家柄もしっかりしていて、かといって親の七光りという感じでもない。総じて真城さんには女性を喜ばせる要素しかないのだ。

とはいえ真城さんにモテる自分を鼻にかけた雰囲気はなく、彼女たちの質問にも親切に答えている。

「東京でも飲めるお店ってあるんでしょうか？　せっかくなら真城さんの帰国祝いに、みんなでワイン飲みに行きましょうよ」

「そうだな。探せばあると思うから、後で店をリサーチしておくよ」

「ありがとうございます〜！　ちなみに英会話の勉強はどうされてたんですか？　真城さんが帰ってきたら教えてもらおうって、みんなで楽しみにしてて」

真城さんは優しげな愛想笑いを続けつつ、ちらりと腕時計に視線を走らせる。帰国したばかりの彼は取引先回りの件数もきっと多いに違いない。

あまり無駄話をしている暇はないのだろうが、さすがの彼でも女性集団の圧には弱いのか、それとも久々に会う同僚たちを無下にはできないのか、話を切り上げるタイミングを見失っているみたいだ。

優しい性格なのは結構だけれど、仕事の話とはずれているみたいだし、いつまでもそこに大勢でいられるのも困る。うるさい奴だと思われるのを承知で、私はつかつかと彼らのもとへ歩み寄った。

「真城さん、部長がお呼びです」

彼は一瞬きょとんとした後、私の意図を察したようにかすかな微笑みを浮かべた。

「わかった。……それじゃ、英会話のことはまたの機会に」

迷惑そうなそぶりは見せず、にこやかに女性たちのもとを離れる真城さん。

もしかして余計なお世話だったかなと思っていたら、近くにやってきた彼が軽く身を屈め、私に耳打ちした。

「部長が呼んでるって嘘だろう？　助かった。ありがとう」

ホッとしたような声がくすぐったい。やっぱり彼は筋金入りの人たらしだ。

「いえ。そろそろ始業時間ですし、私自身があそこで仕事をしたかったので」

彼のために行動したと思われるのは、なんとなく気まずい。あくまで仕事のためと強調するように言うと、真城さんがふっと苦笑する。

「なんだ、そうか。近所のよしみで助けてくれたのかと思ったよ」

「ちょっと真城さん、その話は……」

「冗談だよ。そろそろ行くから、きみも頑張って」

「……はい」

たとえ冗談でも〝近所〟とかあまり口にしないでほしい。万が一会社の誰かに聞かれたら、彼のプライベートについて知りたい女性社員たちから、私まで質問攻めに遭いそうだもの。そうなったらとんだとばっちりだ。

少しの不満は残ったものの、彼は先輩なので顔には出さない。皺ひとつないスーツの広い背中が見えなくなってから小さくため息をつくと、今度こそオープンスペースでパソコンを開いた。

連休中に届いたメールをチェックし、優先順位の高いものから返信する。その中に、何度となく営業をかけている和食レストランからの好意的なメールがあり、月曜日特有の軽い憂鬱が吹き飛んだ。

先ほど真城さんたちも話していたが、パンドラパントリーが扱う主力商品のひとつにはワインがある。価格も質も世界各地でずいぶん異なるが、国内営業部で私がリーダーを務めるワインプロジェクトのチームでは、甲州《こうしゅう》をはじめとする日本産ワインを厳選して仕入れ、レストランやバー、ワイン専門店などに販売している。

メールをくれたのは和食とワインのペアリングを売りにしている人気店で、料理長は少し気難しい男性なのだが、しつこく足を運んだ甲斐があったようだ。

実際に購入するかどうかはまだわからないが、改めてうちが仕入れたワインを試飲したいという依頼のメールだった。

ワインを何本も持参することになるから、誰かに同行してもらった方がいいだろう。パソコンから視線を上げてオフィス内を見渡し、チームメンバーの姿を探す。すると、ちょうどひとりの同僚と目が合った。が、反射的に目を逸らしてしまう。

あの人には話しかけづらいな……。

すぐさま他のメンバーを探したが、みんなすでに出かけてしまっていた。

……やっぱり〝彼〟に頼むしかないみたい。

いくら気まずくても、個人的な感情で同僚を避けるのも大人げないよね。

少し躊躇ったものの、覚悟を決めて立ち上がる。

「針ヶ谷《はりがや》さん、少しいいですか？」

「なに？　忙しいんだけど」

迷惑そうなそぶりを隠そうともしないのは、私の二年先輩で真城さんと同期の針ヶ谷仁《じん》。『忙しい』と言いつつスラックスのポケットにサッとしまったスマホは明らかにゲームの画面だった。

今は見る影もないが、私が入社した当初は教育係をしてくれたこともあって、当時一番お世話になった人物である。

大手企業パンドラパントリーの営業というだけあって、先輩には男女ともに仕事も恋愛もお手の物、みたいなタイプが多く、学生時代からそういうキラキラしたグループが苦手だった私は、入社したばかりの頃完全に気後れしていた。

学生の頃はふんわりそういう人たちと距離を置くことができたけれど、会社ではそうもいかない。営業職なら私も彼らのようないわゆる〝陽キャ〟になるべきかと、かなり真面目に悩んだくらいだ。

教育係の針ヶ谷さんもそのキラキラ一派に属していて、最初は当然身構えた。けれど、実際に仕事を教わると意外に親しみやすく、教え方も丁寧だったから、勝手な先入観を抱いていたことを反省。

それからは、私のミスで残業に付き合わせてしまった後なども優しく励ましてくれる彼に自然と尊敬の念を抱いたし、社内で一番信頼できる存在になりつつあった。

……が、次第に私の営業成績が彼を追い越すようになると、針ヶ谷さんの態度がおかしくなり始めた。仕事にあまり協力してくれなくなり、小さな嫌味をぶつけてくる回数が日に日に増え、一昨年私がプロジェクトのリーダーという役職を与えられた時は、『男より仕事って感じだもんな』とあからさまな嫌味を言われた。

彼を尊敬していた分ショックも大きくて、キラキラしている人に対する抵抗感がむしろ強化されてしまった。どんなに優しく有能そうに見えても、自分のプライドとか面子を潰されそうになると攻撃的になる針ヶ谷さんのような人もいるんだと思うと、つい警戒してしまう。

みんながみんなそうとは言えないだろうけれど、彼の態度が急変したことは、少なからず私の心に影を落とした。

また、同じ時期には付き合っていた恋人ともうまくいかなくなっていて『お前はたくましすぎる』だの『もっと男を立てろ』だの似たような文句ばかりぶつけられていたから、私はどこにいても目の上のたんこぶみたいな存在なんだなと、傷ついた胸の奥でぼんやり思った。

とはいえ、いちいち気にして落ち込んでいたら身が持たない。彼らの言うように私はたくましいのだと虚勢を張って、同僚の嫌味も冷たい態度も、受け流していくしかない。私は小さく息を吸い、針ヶ谷さんをまっすぐ見据える。

「新しく取引先になってくれそうなレストランからメールがあったんです。文面を見る限りかなり前向きな感触で、できれば色々な種類をお勧めしたいので、試飲会当日の補助をお願いできますか？　資料は私が用意しますので」

「補助ねぇ……。先輩を顎で使うとは、ホントにえらくなったもんだな。そこまでして営業成績を上げたい貪欲さには恐れ入るよ」

あからさまな皮肉を言う針ヶ谷さんに、愛想笑いが引きつる。しかし、言い返してわざわざ自分まで同じレベルに堕ちることはない。見ている人はきっと見ているだろうし、彼のような人はいずれ淘汰される。

「あまり気が進まないようでしたら、他のメンバーに頼みます。先方にネガティブな空気感が伝わってしまっても困りますし」

針ヶ谷さんと話しているうち、むしろそちらの方がいいのではと思えてくる。彼との仲がぎこちなくなってからふたりだけで動く仕事は初めてだが、想像した以上に心労が溜まりそうだ。

「別に、やらないとは言ってないだろ。俺だって公私混同はしない。馬鹿にするな」

だったら、なぜさっきはわざわざ『忙しいんだけど』と嫌な顔をしてみせたのか。思わず突っ込みたくなるが、ぐっとこらえる。それと一緒に『できれば断ってほしかったな……』という本音も一緒に心の奥に押し込めた。

「そうですか。では……」

「日程が決まったら教えてくれ。仕方ないから手伝ってやるよ」

「わかりました。よろしくお願いします」

「ん」

こちらは深々と頭を下げたのに、針ヶ谷さんは目も合わせずに適当な生返事をした。

彼とは本来仲間であるはずなのに、新規の顧客に営業をかけるよりよほど疲れた……。誰にも聞こえないほどのため息をつき、オープンスペースの席に戻る。

先ほどのメールに返信を済ませると、週末の売り上げを確認するため、自分が担当する取引先各社へと向かった。

「いつもありがとうございます、神崎さん。月に五本売れるか売れないかのこんな小さな店にもよくしてくれて」

初老の店主が、タブレットで売り上げを確認する私の横でしみじみと目を細めた。

いつも外回りの最後に立ち寄る、会社近くのワインバー『残照《ざんしょう》』。入社してからずっと取引のあるお得意様なので、すっかり顔なじみだ。

夜からの営業に合わせてすっきり片付いた店内にはアンティーク調の家具が多く、えんじ色のソファやスツール、頭上にぶら下がるチューリップ型の照明も相まって、レトロな雰囲気だ。

「とんでもないです。最初は一本だったのをここまで増やしていただいて、ありがたい限りですよ」

「そうは言ってもね……。こうしている間にも、神崎さんの貴重な時間を奪っているでしょう？　だったら、こんな年寄りの小さな店には見切りをつけて、多く仕入れてくれる店を開拓した方が会社のためになるんじゃありませんか？」

どこか気落ちした様子で、店主が語りかけてくる。いつも売り上げはその日暮らせるぎりぎり。それでも、この店を続けることが生きがいなのだとこれまで何度も聞かされていただけに、急にどうしたのだろうと心配になる。

「そんなことありません。弊社はこだわり抜いて選んだ商品を大切に扱ってくださる取引先様であれば、企業の規模に関係なく契約させていただきますし、お店の積極的なサポーターにもなりますから。どうぞご心配なさらないでください」

「そうかい？　それならいいんだけど……」

言葉のわりに、店主の表情は浮かないままだ。

「なにか気になることがあるんですか？　もしそうなら、遠慮なくご相談ください」

こうした個人店とのお付き合いでは、勇気を出して相手の懐に一歩踏み込んでみることも珍しくない。そこまでしなくていいと言う営業担当もいるだろうけれど、付き合いが長くなればなるほど、ビジネスだけにとどまらない絆が生まれていくのがわかる。お互いに商売でも、結局は人対人。目を見て話すことで生まれる信頼関係は、他のなにものにも代えがたい。

「実は……こないだ、神崎さんの同僚らしいお客さんが来ましてね」

「私の同僚?」

ということは、営業部の誰かということ? それとも他部署の社員だろうか。

「カウンター席ではなくて、そっちのボックス席に男性四人くらいのグループで座っていました。そこで、仕事の愚痴大会が始まって」

店主の言いにくそうな様子に、なんとなく愚痴の内容を察した。

針ヶ谷さんほどわかりやすく態度には出さなくても、営業部で私を疎ましく思っている社員が他にもいるというのは、肌で感じている。

店主がこんなに言いにくそうにしているのも、きっとそれが理由だ。

「その愚痴が、私に関することだったんですね? ここまできたらおっしゃってください。私なら大丈夫ですから」

店主に向かってふっと微笑む。

〝大丈夫〟——自分にそう暗示をかけるのは昔から得意なのだ。

「……わかりました。本来お客さんの会話を第三者に明かすのはあるまじきことですが、今回ばかりは私も黙ったままでいるのは心苦しい。なによりあなた自身に関係のある話ですし」

店主は小さく息を吸って、こちらを見る。私もジッと目を合わせ、傷つく覚悟を決めた。

「彼らは私が年寄りだから耳が遠いとでも思ったのか、それともお酒を飲んで気が大きくなってしまったのか、笑いながら大声で話していました。『神崎も馬鹿だよな。新入社員の頃に契約してくれた恩義があるってだけで、こんな寂れた店にいつまでも尽くして』──と。それを聞いた他の仲間たちも、どっと笑って大盛り上がり。ですから、半信半疑ではありつつも、もしかして神崎さんに無理をさせていたのかもと思ってしまって」

店主の寂しそうな苦笑いを見て、怒りがこみ上げた。

なんて馬鹿なことをしてくれたんだろう。

自分が槍玉に上がったことより、彼らがこの店を『寂れた』と表現し、店主に深刻な誤解を与えるような話をしていたというのが許せない。

そして、確信した。その飲みに来たグループの中に、針ヶ谷さんがいたであろうことを。

新入社員の時にこの店で契約を取り、どんなに小さな実績でもその感動が忘れられないのだと詳しく話して聞かせたのは、新人の頃に特別お世話になった彼だけ。

その場にいない人間の個人的な話を酒の肴にするばかりか、大切な取引先でその店を貶めるような発言をする無神経さが信じられない。

針ヶ谷さんへの怒りと店主への申し訳なさとで感情がぐちゃぐちゃだが、今はとにかく謝らなくては。

「同僚が失礼なことを言って、申し訳ございません……!」

「いやいや。私も、本当は胸に留めておくべき話を、あなたが嫌な思いをするとわかっていてお聞かせしてしまいました。すみません、この通りです」

店主はなにも悪くないのに、深々と頭を下げるので慌ててしまう。

「どうか頭を上げてください。悪いのはこちらですので……!」

「とんでもない。今日神崎さんと話して、あなたを疑った自分が恥ずかしくなりました。今後も大量にワインを仕入れるのは難しいですが、どうかこの店をよろしくお願いします」

あんなにひどい話を聞かされたら会社自体に不信感を持ってもおかしくないのに、この先も取引を継続してくれるようだ。確かな信頼を寄せられているのを感じ、不覚にも目頭が熱くなる。

「ありがとうございます。こちらこそ、末永くよろしくお願いいたします」

「ええ。たまには神崎さんも愚痴を言いに来てくださいね」

「わかりました。言われっぱなしじゃ悔しいですもんね」

店主の明るいフォローに救われ、笑顔を取り戻す。

もちろん、こんなに会社の近くの店で仕事の愚痴を大っぴらに話すことはできないけれど、この店には美味しいワインが揃っているから、ただそれを味わうのを楽しみに来よう――。

思いがけない話に動揺したものの、大切な取引先を失わずに済んでホッとしながら店を出る。

午後五時を過ぎたばかりだが外はすっかり真っ暗で、冷たい風にコートの前をかきあわせると、早足で会社へ急いだ。


営業部へ戻ると、先ほどの件を追及したくて針ヶ谷さんの姿を探したが、席を外していた。とりあえず彼が戻るまでは自分の仕事をしようと、デスクに向かう。

各取引先の売り上げ実績をまとめ、それが終わったら試飲会の資料作り。

会社で取り扱う商品の情報は、資料室にまとめてあるから取りに行かなくちゃ。

椅子から腰を上げ、廊下に出る。

和食に合うワイン……。せっかくだから、王道の商品の他にもあの気難しい料理長をハッとさせるような一本も加えたいな。

　商品情報はデータ化されたものがパソコンの中にも揃っているが、なにを隠そう私はアナログ人間。画面の中に並んだファイルから目的のものを探す作業が苦手で逆に時間がかかってしまうので、情報が必要な時はいつもこうして資料室に足を運ぶ。

　若手社員たちにはその感覚が理解できないようで、私だって彼らと同じ平成生まれなのによく『昭和っぽい』とからかわれる。

　もちろんそれくらいで傷つきはしないけれど、古いものを〝古いから〟という理由だけで馬鹿にするのはもったいないことだと思う。

　こんな考え自体、やっぱり彼らにとって『昭和っぽい』のだろうけれど——。

　物思いにふけりつつ、廊下を進む。そして資料室の手前にある休憩スペースの横に差し掛かった時だった。

「なんて言うか、仕事を頼むにしても、もっと言い方があると思うわけ。アイツに仕事を教えたの、俺だよ？　そこんとこの感謝が足りない」

　ふいに針ヶ谷さんの声が聞こえて耳がぴくっと反応する。思わず廊下を引き返して壁に身を隠し、チラッと様子を窺う。コーヒーマシンを囲むようにして立っているのは、針ヶ谷さんと営業部の後輩の女性ふたりだった。

「確かに。でも、それでこそ神崎さんって気もしません？」

「わかる〜。男も女も先輩も後輩も関係なし！　あそこまで仕事に全振りで生きられるの、逆に尊敬しちゃいます」

「カッコいいよね〜。自分はああはなりたくないけど」

後輩たちの発言を聞き、針ヶ谷さんが噴き出したように笑う。私のことを一緒になって馬鹿にできる相手がいて、楽しくて仕方がないみたいだ。

気にせずここを飛び出していって、余裕の表情で「お疲れ様」とでも言えたらいいのに……足が重くて動かない。

「あれが働く女性の理想だなんて思わない方がいいぞ。上司からの受けはよくても、世の男たちみんなからそっぽを向かれて終わりだから」

「わーん、それは困ります〜」

「そんな状況で生きていけるの、神崎さんだけだよね〜」

彼らの蔑みを含んだ笑い声を聞いていられなくて、私は足音を立てないようにその場を離れた。行きたいわけでもなかった化粧室で時間を潰し、しばらくしてもう一度休憩スペースを通りかかった時には、三人ともいなくなっていたのでホッとした。

……これしきで落ち込むなんて、私もまだまだだな。

資料室のドアを開けると、明かりがついていて先客がいた。

書架にもたれてファイルを開き、目を伏せてなにか読み込んでいた彼が、ドアの音に気づいて顔を上げる。

「ああ、神崎さん。お疲れ」

「真城さん……。お疲れ様です」

軽く挨拶した後、すぐに目を逸らす。

彼が近所に引っ越してきたから気まずいというだけでなく、営業部の誰よりキラキラしたオーラを纏う彼はやっぱり苦手だ。針ヶ谷さんのことで痛い目を見た経験のせいもあるが、このところ恋愛を避けているのもあって、男性全般に免疫が弱くなっている気がする。

真城さんの存在を意識しないようにしながら、国産ワインの資料が並んだ棚の方へ足を進める。そして、彼の前を横切った時だった。

「……なにかあった？」

「えっ？」

「元気がないように見えるけど」

心を読まれたようで、ほんの少し瞳が揺れた。エリートな彼だから察しがいいのか、それとも私がわかりやすい顔をしていたのか。どちらにしろ弱気なところは見せたくない。

「そんなことありませんよ」

軽く微笑んで、彼の前を通り過ぎる。

本当は棚の前でじっくり資料を吟味したかったけれど、真城さんとふたりきりの空間では集中できそうになかったので、とりあえず手あたり次第ファイルを抱え、営業部に戻ってから選別することにした。

Ａ４サイズのファイルを十冊ほど抱え、来た時と同じ位置にいる真城さんの前を「失礼します」と横切る。

その直後、彼が近づく気配がして、手の中のファイルが半分以上奪われた。

「えっ？　あの」

「手伝う。ひとりでこんなに運んだら腰やるぞ」

「いえ、結構です。私、体は頑丈な方なので」

「だとしても、男の俺の方がもっと頑丈。そろそろ戻ろうと思っていたから、ついでだよ」

真城さんはさっさとドアを開けると、再びドアが閉まらないよう背中で支えながら私が通るのを待つ。

断ろうにも断れない状況になってしまい、急いで部屋の外に出た。

こうして誰かに仕事を手伝ってもらうのは久しぶりだ。

さっき耳にした針ヶ谷さんや後輩たちの会話の通り、営業部のみんなは私を強い女だと思っていて、どうやら近寄りがたいようなのだ。

真城さんは長く海外に行っていたから、まだその雰囲気に気づいていないだけだと思うけれど……弱っていたタイミングだったから、不覚にも絆されてしまう。

並んで廊下を歩きだしたところで、恐縮しながら彼に頭を下げた。

「お手数おかけしてすみません」

「気にするなよ。朝のお礼もまだだったし」

「朝のお礼……？」

私、なにかしたっけ？

「営業部の女性陣に囲まれて出かけるタイミングをすっかり失っていたところを助けてくれただろ」

「あぁ……。あれくらい、お礼してもらうほどのことじゃありません」

言われるまで忘れていたくらいの出来事だし、私は自分のために動いただけだ。

「だったらなおさら感心する。とくに意識せず、自然と人を助けられるってことだ」

「お、大袈裟です。営業トークは取引先だけにしてください」

「思ったことをそのまま言っただけなんだけど」

真城さんが快活に笑って目を細める。その笑顔も人の懐にスッと入り込むようなセリフも、すべてが完璧すぎて眩しい。彼が出世街道まっしぐらと言われている理由がわかる気がした。家柄や生まれつきの容姿は別としても、彼には人より秀でた部分が多すぎる。

軽い敗北感を覚えつつオフィスに戻ると、ちょうど帰ろうとしていた針ヶ谷さんとバッタリ鉢合わせた。私と真城さんをジロジロ見比べた彼は、フンと鼻を鳴らす。

「へえ。男のことはもれなく見下しているのかと思いきや、真城のようなイケメンエリートには平気で媚びるんだな」

……どうやら彼は、私のいないところで悪口を言うだけでは気が済まないようだ。

反論したいのに、唇を噛んでパッと目を逸らすことしかできない。

私は誰かに媚びるなんて行為、むしろ嫌いなのに……説明してもきっとわかってもらえないだろうと思うと、悔しさで体が熱くなってくる。すると、真城さんがスッと針ヶ谷さんと私の間に入った。

「彼女がいつ誰に媚びたって？　勝手な憶測で失礼なことを言うな」

真城さん……。

まさか彼に庇われるとは思わず、彼の背中を見つめて目を瞬かせる。

「なんだよ真城。すっかり手懐けられてんじゃん」

真剣に怒ってくれている真城さんに対し、針ヶ谷さんの人を馬鹿にしたような態度は変わらない。彼らは同期入社だが、とくに親しいわけではなさそうだ。

「勘ぐったような言い方をするのはやめろ。資料を持つのを手伝っただけだ」

「だから、神崎にそう仕向けられたんだろ？」

「どうしてそうなる？　これは俺が自主的に――」

真城さんはなおも反論してくれようとしていたが、針ヶ谷さんはどうあっても私を悪く言うのをやめないだろう。少しでも味方をしてもらえただけで精神的に救われたし、これ以上彼に迷惑をかけたくない。

私は真城さんの背後から飛び出し、針ヶ谷さんを睨みつけた。

「見下されたくないのなら、それ相応の仕事をしてください。今朝、私が声をかけた時、スマホでゲームをしていましたよね？」

「……は？　いや、なんだよそれ」

半笑いで否定しつつも、目が泳いでいる。無意識だろうがスラックスのポケットに入れたスマホにも触れていて、心当たりがあるのは明白だった。

どうしてこんな人に馬鹿にされなきゃいけないんだろう。私は真面目に仕事をしているだけなのに。

「それと、大切なお得意様である『残照』で、店を貶めるような発言をしていたそうですね。会社全体の信用問題に関わりますから、今後そういうことは控えてください」

悔しげに表情を歪める彼が今なにを思っているのか、手に取るようにわかる。

〝コイツ、女のくせにかわいくない〟だ。

でもこっちだって、かわいいだなんて思ってもらえなくていい。これくらいで泣きごとを言っていたら、この先ひとりでやっていけない。誰にも頼らず自分の足でしっかり人生を歩んでいくために、どんな時も強い私でいなくては。

絶対に負けないと表明するように針ヶ谷さんをジッと見つめていると、彼はふいと目を逸らし、真城さんにへらへらと笑いかけた。

「ほら、神崎って怖ぇだろ。こっちが本性なんだ。お前も気をつけろよ」

「余計なお世話だ」

　真城さんがそっけなく返すと、さすがに居たたまれなくなったらしい針ヶ谷さんがそそくさと営業部を出て行く。私はようやく肩の力を抜き、ため息をついた。

「大丈夫か？　もしかして、元気がないように見えたのも針ヶ谷が原因？　得意先に失礼なことを言ったようだし……」

　心配そうに顔を覗いてくる真城さんに、どきりとする。資料室で聞かれた時には否定したはずなのに、落ち込んでいるのがバレバレだったらしい。

　それでも、これ以上彼に迷惑をかけるわけにはいかないと、真城さんの手から奪うようにファイルの束を受け取った。

「否定はしませんが、私なら大丈夫です。くだらない言い合いに巻き込んでしまってすみません。お手伝いしてくださってありがとうございました」

　これ以上突っ込まれないよう、笑顔を取り繕う。真城さんは少しの間黙って私を見つめていたけれど、深く追及はされなかった。

「どういたしまして。今からこれ全部読み込むのか？」

「全部ではありませんが、できるだけ情報は多い方がいいと思っています。うちが扱う国産ワインに興味を示してくれた和食レストランがあるんですが、なんとしてでも新しい取引先になってもらいたいので、気合いを入れてＰＲ用の資料を作るつもりなんです」

プライベートな心の内を明かすのは苦手だが、仕事の話をするのは楽しい。ファイルを抱えて微笑むと、真城さんも納得したように頷いてくれる。

「うまくいくよう祈ってるよ。しかし今からじゃ、かなり残業になりそうだな」

「慣れてますから大丈夫です。では、仕事に戻ります」

真城さんにぺこりと頭を下げ、定時を過ぎて人の減ったオープンスペースへファイルを運ぶ。それからパソコンを開くと、軽く自分の頬を叩いて活を入れた。

落ち込んだ気分を引き摺らずに済んだのは、たぶん真城さんのおかげだ。

彼が同じマンションに引っ越してきたと知った時は正直『げっ』と思ってしまったし、苦手意識も完全にはなくなっていない。

でも、なんとなく、彼の優しさには裏表がないような気がする。おかげでいつもの調子を取り戻せそう。

チラッと彼のデスクを見やると、真城さんも真剣に仕事に戻ったところのよう。

ありがとう、真城さん。

心の中だけでそう呟くと、私はさっそく大量のファイルと格闘を始めた。

差し伸べられた手

翌朝、私は眠い目を擦りながらマンションの部屋を出て、下行きのエレベーターを待っていた。残業の疲れが抜けずに寝坊したので、いつも家を出る時間より十分遅い。

……昨日、ちょっと頑張りすぎたかな。

あくびを噛み殺し、到着したエレベーターに乗り込もうとしたその時。開いたドアの向こうに、見知った顔の男性がいた。

「おはよう、神崎さん」

朝から爽やかな笑顔を浮かべるのは、同僚の真城さん。すっかり気を抜いていたので、慌てて姿勢や表情を正す。

「お、おはようございます。いつもこの時間に出勤ですか？」

「いや、結構バラバラかな」

「……そうですか」

「俺と出る時間をずらしたい、って思ったんだろう」

図星を突かれ、かすかに動揺した。

否定しようかとも思ったけれど、彼には昨日、針ヶ谷さんとの言い争いを見られているし、落ち込んでいたのも見抜かれていた。察しのいい人なので変にごまかさない方がいいかもしれない。

「家を出てすぐ同じ会社の人に会うのって気まずくないですか？　まだ出勤用の自分に切り替わる前で油断しているっていうか」

「そう？　いつものカッコいい神崎さんだと思うけど」

うちの営業部でそれこそ一番と言っていいほど〝カッコいい〟存在である彼に言われても、説得力がまるでない。むしろ茶化されている気がして、眉をひそめてしまう。

「いつもって、真城さん帰国したばかりじゃないですか」

「そうだけど、昨日一日で結構きみの人となりはわかったつもりだよ。それに引っ越しの日に会った時、ランニング帰りだっただろ？　休日に運動する習慣があるなんて、自己管理のできている女性なんだなって感心したんだ」

そう言って微笑む真城さんは眩しいくらいにキラキラしているが、褒め言葉を素直に受け取れない。あの日はすっぴんで彼と話していたことに後から気づいて後悔していただけに、皮肉だろうかと穿った見方をしてしまう。

「また営業トーク。それ、きっと職業病ですね」

「……そんなつもりは一切ないんだけどな」

真城さんが苦笑した直後、エレベーターが一階に到着した。

よかった。ふたりきりの空間からやっと抜け出せる。

「私、先に行きますね。出勤が同時になって、また針ヶ谷さんに変な風に思われたら面倒なので」

「えっ？　ああ、そうだな……」

なんとなく曖昧な返事をする真城さんを残し、私はさっさとエレベーターから降りて早足で駅に向かう。

会社の先輩と同じマンションに住んでいるのって、やっぱり少し気まずい。

それに、仕事以外で男性と接触するのが久しぶりすぎて、いちいち反応に困ってしまう。相手が無自覚の人たらしである彼だからなおさら。

でも、私がどんな反応をしたところで男性にとっては〝かわいくない〟のだから、気にするだけ無駄。仕事モードに頭を切り替えなくちゃ。

言い聞かせるように胸の内で呟き、駅までの道を急いだ。

雑念を振り払うように午前中は事務作業に集中し、昼休みを迎える直前。私は上司に呼ばれ、パーテーションで仕切られたミーティングルームへとやってきた。

立ったまま向き合っている相手は、国内・海外の両営業部を束ねる浅井《あさい》部長。オールバックの髪に黒縁眼鏡、優しげな垂れ目がトレードマークの四十七歳。

部下にも一律敬語で接するなど物腰がやわらかく、褒め上手で優しい上司だ。人を動かすのもうまいので、彼に頼まれるとどんな仕事でも断りづらく、つい引き受けてしまう。

そんな彼に個別で呼び出されて、なにか特別大変な仕事を命じられるのではないかと身構えてしまった。

「部長、お話というのは……？」

「ええ。単刀直入に言いますと、新年度から神崎さんを海外営業部のメンバーに加えようかと思っているんです。きみに頑張る気持ちがあるのなら、ぜひどうですか？」

切り出された話が想定外すぎて、ただ大きく目を見開いた。

「海外営業……」

いつかは自分もその一員になって、世界を相手に商談をして、大きな契約を勝ち取る。それはパンドラパントリーで働くうえで大きな目標だったけれど、いざそれが実現しそうになると、臆してしまう。……私にその実力があるのだろうか。

でも、こうして部長が声をかけてくれたということは、客観的に私の仕事が評価された証拠。不安がないと言ったら嘘になるけれど、その期待に応えたい。

「ぜひ、お受けしたいと思います」

エリート揃いの集団の中ではきっと埋もれてしまうくらいの実力しかないだろうけれど、その中で存分に揉まれて、もっと成長したい。

「神崎さんならそう言ってくれる気がしました。それじゃ、上に話を通しておきますね。正式な辞令が出るまでは、一応内密にお願いします」

「承知しました。部長、本当にありがとうございます……！」

「いえ。神崎さんの実力ですよ」

これまでずっと自分の仕事を見てくれていた上司に評価してもらえて、思わず涙ぐみそうになる。

しばらく喜びを噛みしめてからミーティングルームを出ると、なぜか針ヶ谷さんが待ち伏せたようにそこにいた。

「あの、なにか？」

「別に」

彼はジロジロと私の姿を上から下まで観察した後、無言で顔を背け、自分のデスクに戻っていく。

……なんなの。話を聞かれてたわけじゃないよね？

彼の態度は激しく気になったけれど、いつものように嫌味を言われたわけでもないので、不気味に思いつつも気にしないことにする。

正式に辞令が出て異動となれば、針ヶ谷さんともようやく離れられる。期限があると思えば、彼とのギスギスした関係も大したことではない。

向こうもきっと、いい厄介払いができたと思うだろう。

「頑張ろ」

海外営業部では遠方の国への出張や長期の駐在もあるから、恋人がいない身軽な状態でちょうどよかった。きっとうまくいくことばかりじゃないけれど、私を推してくれた部長の恩に報いるために、プライベートも捧げる覚悟でこのチャンスをものにしよう。

それから約二週間後、三月に入って間もなく正式に辞令が出た。

四月一日付での異動に合わせ、仕事の引継ぎや取引先への挨拶でバタバタしつつ、最後の大仕事となった和食レストランでの試飲会の日がやって来た。

針ヶ谷さんには必要以上の手伝いは期待できないので、ひとりで朝早くに出勤して準備を進める。前もって用意しておいたハーフリッターのワインを十二本、専用のクーラーボックスに入れ、書面の資料はファイルにまとめて自分のバッグに入れた。

針ヶ谷さんにはクーラーボックスの運搬と、現地でワインを提供する作業の補助を頼んでいる。彼だって私よりキャリアが長い営業なのだから、さすがに客前で横柄な態度はとらないはず。

あとは、私がどれだけうまくプレゼンできるかよね……。

自分のデスクに置いたクーラーボックスの蓋を開け、一つひとつのワインの特徴を頭の中で反芻する。

その時、私以外誰もいなかったオフィスに誰かが入ってくる足音がした。

なにげなく振り向き、その人物と目が合う。

「おはよう。神崎さん、早いね」

「おはようございます。真城さんこそ」

「ああ、ちょっと昨日残した仕事がしたくて。そういえば、来月からきみが仲間になるって聞いたよ。改めてよろしく」

「いえ、こちらこそご挨拶が遅れてすみません。よろしくお願いします……！」

このところ忙しかったから、彼とは顔を合わせていなかった。だからあまりピンときていなかったけれど、今後は真城さんと今まで以上に近しい同僚になるのだ。

「そんなに緊張しなくていいよ。わからないことがあったらなんでも聞いてくれていいし、悩み相談も随時受付中」

私の緊張をほぐそうとしてくれているのだろう。優しい言葉もあえて軽い口調で言う彼は、本当に気遣いが上手な人だ。キラキラオーラを纏った人にはどうしても警戒心を抱くことが多かったけれど、彼のそれはきっと自然に内側から滲み出るものなのだろうと思い始めている。

真城さんなら、一緒に仕事をするうちに苦手意識も薄れていくかもしれない。

「そのワインは？」

そばまで歩み寄ってきた彼が、クーラーボックスを覗く。

「今日、営業先で試飲してもらうものです」

「こないだ資料室で言ってたやつか。これ、ひとりで運ぶの？」

「いえ。針ヶ谷さんに協力をお願いしています」

「……そう。その後、アイツに変なこと言われてない？」

針ヶ谷さんの名が出た瞬間、真城さんの眉がピクリと震えた。一度私たちの言い合いを目撃しているから、心配してくれているようだ。

「大丈夫です。たとえなにか言われても、あと少しで異動ですから軽く流せますよ」

「神崎さんは強いな。それに聡明で心根がまっすぐだ。海外営業部での活躍を期待する浅井部長の気持ちがわかるよ。ちなみにこれは、営業トークじゃない」

真城さんは一度も私から目を逸らすことなく言い切る。最後に付け足されたひと言で、心を見透かされた気がした。

どうせお世辞に違いないと思ったからまじめに取り合う気はなかったのに……これじゃ、はぐらかせない。

「……恐縮です。真城さんみたいな優秀な方にそう言っていただけるなんて」

「こちらこそ。そんな風に言ってくれたきみをがっかりさせないように、精進するよ。それじゃ、試飲会頑張って」

爽やかな微笑みでクーラーボックスをポンと軽く叩き、真城さんが私の席を離れていく。どこまでも朗らかでおごらない人だ。彼が仕事で結果を出し続けているのも、帰国初日に営業部の女性たちに囲まれていた理由も、言葉を交わせば交わすほどによくわかる。あんなにすごい人のそばで仕事ができることを、光栄に思わなきゃ。

真城さんと話したことで改めて気合いが入った私は、試飲会の持ち物や手順を念入りにチェックしながら、同行する針ヶ谷さんが出勤してくるのを待った。


「……来ない」

始業五分前の八時五十五分になっても、オフィスに針ヶ谷さんが現れない。やきもきしながら、腕時計と入り口の方を幾度となく見比べる。そうこうしているうちに朝礼の時間になり、部長から連絡事項が伝えられる。

「先ほど連絡がありましたが、針ヶ谷くんは今日、発熱でお休みだそうです。彼の予定は神崎さんがすべて把握していると聞いているので、各所への連絡、よろしくお願いします。皆さんも体調管理には十分気をつけてください。それでは次――」

……えっ。休み？

まだ朝礼は続いていたが、呆気に取られて部長の声が遠ざかる。

このタイミングで発熱って……私に対する当てつけで仮病を使っているわけじゃないよね？　いや、いくら彼でもそこまでするはずがない。私や営業部のメンバーだけでなく、取引先にも迷惑がかかる恐れがあるもの。

急病は誰にだってあることだし、ここにいない彼の思惑を勝手に想像して気を揉んでも意味はない。

今日は彼を欠いた状態でやるしかないのだ。

朝礼が終わると、彼の他に四人いるチームメンバーにスケジュールを聞いて回る。みんな気持ちだけは協力的だったけれど、午前中が丸々潰れる試飲会を手伝える余裕はなく、誰もつかまらない。

針ヶ谷さんが私に協力したくないがために仮病を使っているのだとしたら私との個人的な関係のせいだし、どうしてもと無理に頼み込むことはできなかった。

「ひとりで行くしかない、か……」

腹をくくり、クーラーボックスのベルトを肩にかける。五〇〇ミリリットルのボトルが十二本、つまり六キロ以上はあるワインの重さが一気にのしかかり、思わずよろめく。

駅から近いレストランのため移動は電車にするつもりだったが、こんなことなら社用車の使用届を出しておくんだった。

……いや、運転に自信のない私ひとりじゃむしろ危険か。

重い足取りでなんとかエレベーターホールに辿り着く。そして下行きのボタンに人差し指を伸ばした瞬間、肩が突然ふっと軽くなった。

「またひとりで重いものを運ぼうとしてる」

クーラーボックスのベルトを軽々と持ち上げ、呆れたように言ったのは真城さんだ。私を見つめる目は、咎めるような色をしている。

「し、仕方ないんです。針ヶ谷さんが急病で来れなくなってしまったので」

「急病……。それにしても、誰かにヘルプ頼めなかったのか？」

「みんな自分の仕事で手一杯ですから。とにかく、私なら大丈夫ですので返してください。真城さんもお忙しいでしょうし」

「ちなみに、これを持っていくレストランはどの辺り？」

「目黒《めぐろ》の西口の方ですけど」

「じゃ、俺が行くのと同じ方向だ。社用車で送っていく」

「えっ？　結構です、そんな……っ」

断りたいのに、真城さんは目の前でドアが開いたエレベーターにさっさと乗ってしまう。クーラーボックスを返してくれないままなので、私も一緒に入るしかない。

「真城さん、お気持ちだけで大丈夫ですから……！」

「約束の時間は？」

「十時です」

答えながら、腕時計を見る。現在九時半過ぎ。浜松町から目黒までは十五分弱。

レストランは駅のほぼ目の前だから、余裕たっぷりとは言えないが、急げば間に合う時間だ。

「これを担いでいたら間に合うかどうか怪しいだろ。人の多い駅で転倒でもしたら危ないし」

「もちろん気をつけます。それに、緩衝材をしっかり詰めてありますから瓶が割れる可能性もありません」

「俺が心配しているのはワインじゃない、きみのこと」

思いもよらない言葉をかけられ、ぽかんとする。

少し怒っているようにも見える真城さんの眼差しは真剣だ。

レストランに持っていく前にワインがダメになったらどうする。彼が言いたいのはそういうことだとばかり思っていたのに……まさか、私のことを心配していたなんて。

「きみは強くて賢い人だけど、だからって全部ひとりで解決しようとするなよ。ピンチの時は、使えるものは使う。今だって、たまたま同じ方向に用がある同僚がいるんだから、むしろ一緒に行かない方が非効率だろ。俺たちはもうすぐ仲間になるんだし、遠慮なく頼って」

悔しいけれど、反論の余地がなかった。

いくら間に合うといっても、重たく大きなクーラーボックスを担いだ状態では人の多い電車や駅で苦労するのは目に見えている。彼の言うように万が一どこかで転倒した場合、ワインが無事でも私になにかあったら、結局は取引先に迷惑をかけることになってしまう。……考えればわかることなのに。

「すみません……。お言葉に甘えてもいいでしょうか」

「もちろん。責任を持って送り届けるよ」

社用車でレストランまで行けると思うと、針ヶ谷さんが病欠だと聞いてから張り詰めていた気持ちが、少し緩む。真城さんの前では大丈夫だと突っ張っておきながら、本当はちゃんと間に合うかどうか、自分でも少し不安だったのだと思う。

三人姉弟の長女として、ふたりの弟よりしっかりしなくてはと思いながら育ったからだろうか。私は誰かに頼るのが苦手で、だから何事も自分で解決できるように、できるだけ周囲に迷惑をかけないように振舞う癖がある。今回の件もそうしたかったけれど、真城さんの言葉には有無を言わせない説得力と、優しさがあった。

無理にでも電車で行こうとしていたのは、私のつまらない意地。ただの自己満足でしかなかったのだと、彼のおかげでようやく気がついた。

時間に余裕を持ってレストランに到着し、真城さんと別れる。

店ではオーナー兼料理長の男性と、若い板前さんがふたり、私を出迎えてくれた。カウンターとテーブル席を合わせ二十席の小ぢんまりとした店だが、和食とワインのペアリングが話題を呼んで予約は二カ月先までいっぱい。定休日には料理長自らが市場や契約農家のもとへ足を運び、素材を厳選しているそう。

そんな忙しい合間を縫って、私が勧めるワインを試してくれようとしているのだ。

絶対に無駄な時間にはさせない……。

気合い十分に挨拶し、さっそくクーラーボックスを開ける。針ヶ谷さんに手伝ってもらおうと思っていたグラスの用意などは板前さんが手を貸してくれ、最初こそ遠慮したけれど、お言葉に甘えることにした。

事前に料理長から『店のグラスで味をみたい』と申し出があり、グラスは貸してもらうことになっていたので、素人の私が扱うより店のスタッフに任せた方が安全だ。

こうして彼らの厚意を素直に受け取ってスムーズに準備が進められたのは、たぶん直前に真城さんとのやり取りがあったからだろう。

だからといって私の性格が急に変わったわけではないし、なんでもかんでも人に甘えるのがいいとはもちろん思わない。

でも、差し伸べられた手を取る勇気も、時には必要なんだよね、きっと……。

板前さんたちと一緒になって試飲会の準備を進めながら、頭の片隅でぼんやりそう思った。


「それでは、本日はお時間をいただきありがとうございました」

試飲会の後、料理長は丁寧に店の外まで見送りしてくれた。これまで気難しい顔ばかりしていたのに、今ではその欠片《かけら》もない。

その理由は、料理長がこちらの想定以上にワインを気に入ってくれたからだった。

試飲会の最中には『こりゃ、一本取られたな……』といううれしいひと言もあった。

なんでも料理長は、レストランで提供する食材はすべて国産のものにこだわっていたものの、日本のワインには疎く、上質なワインは外国産だけだと思い込んでいたらしい。私の持参したワインを口に運ぶたびその香りと美味しさに感嘆し、ひと通り飲み終えた後で、例のひと言を漏らしたというわけだ。

具体的な発注数などはまだ未定だが、早めに店のスタッフ内で相談し、連絡をくれるそう。私が来月異動になってしまうことを伝えると、料理長は残念がってくれた。

『手柄を後任の方に取られたら大変ですから、月が替わる前に連絡します』なんて、冗談まで添えて。

「こちらこそ。日本のワインの素晴らしさを教えていただいて、勉強になりました。お気をつけておかえりください」

「ありがとうございます。失礼いたします」

料理長に別れを告げ、駅へ向かう。肩から提げたクーラーボックスが軽いのは、ワインが空になったからという物理的な理由の他に、仕事がうまくいった達成感も関係ある気がした。

その日は帰宅後に五キロのランニングをして、一度シャワーを浴びてから近所のコンビニでお酒を買った。昼間の試飲会では安くない高品質のワインを勧めておきながら、自分のために買うのはごく普通の缶ビール。

ひとり暮らしではワインを買っても飲みきれないし、仕事の後はやっぱりビールの喉越しと爽快感が欲しくなるんだよね……。

腹ごしらえに少量パックのサラダと六個入りの冷凍餃子も購入し、エコバッグを片手にほくほくしながら自宅マンションへと戻る。

エントランスの自動ドアから中に入ろうとしたところで、ちょうど飛び出してきた女性とぶつかってしまった。というか、向こうからぶつかってきた。

「わっ」

「す、すみません……！」

慌てた様子で頭を下げたのは、すっきりと耳を出したショートヘアの美人だ。

思わずドキッとしたのは、彼女が泣いていたからだ。

「あの、大丈夫ですか——」

尋ねる途中で、女性はペコッと頭を下げて走り去ってしまう。

なんだか急いでいるみたい……。

「……あれ？　神崎さん」

自動ドアは閉まってしまったものの、女性が去った方に首を向けたままでいたら、今度は見知った人の声がした。

「真城さん、こんばんは」

鉢合わせた彼は、ノーネクタイのシャツにスラックス。彼もこれからコンビニにでも出向くのかもしれない。

「今帰り……なわけないか。なんか雰囲気違うし」

「えっ？　あっ……」

自分の格好を見下ろした瞬間、頬がじわじわ熱を持つのがわかった。

よりによって、千笑ちゃんにもらったルームウエア姿で彼に会ってしまうなんて。

シャワーの後だし、コンビニに行くだけだからと思って油断した……。

すとんとしたワンピースタイプのルームウエアはテディベア柄。防寒のために羽織ってきたもこもこのパーカーにもクマの耳がついているなんて、普段の私のイメージとかけ離れすぎているだろう。

「そういうの、好きなんだ。意外」

上から下までじっくりと観察した真城さんが、そう言って目を丸くしている。

あまり見られたくないからフードで顔を隠したいのに、クマ耳のせいでファンシーな見た目になるのが不本意で、俯くしかない。

「ご、誤解です。この服、弟のお嫁さんがプレゼントしてくれたものなので、自分の趣味ではないのに捨てられなくて」

悪者にしちゃってごめん、千笑ちゃん……。緊急事態だから許して。

心の中で義妹に手を合わせていると、真城さんが納得したように微笑む。

「なるほど。ちゃんと着てあげるところが神崎さんらしい」

その場しのぎの嘘だったけれど、信じてもらえてホッとする。

本当は等身大のクマのぬいぐるみを家に置いていて、話しかけたり抱きついたりしているなんて、会社の人には絶対に知られたくない。

「ですので、あのかわいげがないで有名な神崎が家ではクマ柄の部屋着を着ている、という事実は、どうか真城さんの胸の中だけで留めておいてください……」

「有名って。そんなこと言ってるの、針ヶ谷だけだろ」

「目立って聞こえてくる声はそうですけど……内心思っている人は多いと思います」

以前、針ヶ谷さんと一緒になって後輩たちまで私を馬鹿にしていたし……。

「ふうん。多いってどれくらい？　ちなみに、俺は思ってないけど」

ただの世間話にそこまでのデータを求めないでほしい。

あくまで感覚の話だから、営業部のうち何人が私を煙たがっているかなんて、わかるわけがない。それに、もう何度も〝やめて〟とお願いしている営業トークを、懲りずに繰り出してくるのも困る。

私を褒めてもなにも出ませんけど!?と、いつも心の中で叫ぶ羽目になる。

「そ、それはどうも。あの、真城さんお出かけするところでしたよね？　お時間大丈夫なんですか？」

私は話を逸らす作戦に出た。面倒なやり取りを避けるために、かわいげがどうのという話は、彼の前であまりしないようにしよう。

「いや、別に出かける予定はないよ」

「えっ？　でも、じゃあどうしてこんなところに」

率直な疑問をぶつけると、真城さんは珍しくパッと私から目を逸らし、気まずそうな顔をした。

もしかして、聞いちゃいけないことだった？

そう思った直後、頭の中にさっきぶつかった女性が像を結んだ。

「さっきまで来客があって、見送ろうとしてたんだ。もう帰っちゃったみたいだけど」

来客……見送ろうとしたのに帰ってしまった。ってことは、彼女の涙は真城さんが原因？　あの女性、真城さんの隣に並んだらすごくお似合いそうだったし、もしかしてそういう関係なのかも。だとしたら、私を相手に営業トークをしている場合ではないではないか。

「追いかけなくていいんですか？」

「追いかける？　いや、向こうが急に押しかけて来ただけだし、そのくせ俺の話をちゃんと聞かずに帰ってしまったんだ。頭を冷やすためにも、ひとりにさせた方がいいと思う」

真城さんはふっと苦笑すると、私に背を向けてエレベーターホールの方へ向かっていく。まるでこれ以上の追及から逃れたいみたいだ。

見た目が極上で、内面にも人を惹きつけるものがある真城さんがモテるのは自然の摂理のようなものだろうけれど、泣いている女性に対してその言い草……ちょっと薄情すぎやしないだろうか。

仕事の面では尊敬できる人だけど、女性関係は要注意……？

心の中で彼に対する認識を改めつつ、その背中をジッと睨みつける。すると、視線に気づいたかのように真城さんが突然振り向いたのでドキッとした。

「そういえば聞きそびれてたけど、目黒の和食レストラン、どうだった？」

屈託なく尋ねてくる彼はもういつものキラキラした真城さんで、なんとなく毒気を抜かれる。

たとえ彼が女性泣かせの人物だったとしても、同僚として付き合うぶんにはあまり関係ないか……。

仕事の件を報告すると約束していたのに忘れていた負い目もあって、慌てて彼のもとに駆け寄る。そして部屋に戻るまでの間、試飲会についてのあれこれを真城さんに話して聞かせるのだった。

エリートな彼の意外な一面

新年度。数名の新入社員に交じって、私も海外営業部という新たな環境での挑戦が始まった。

国内営業部では扱う商品ごとに分かれていたチームが、海外営業部では担当地域ごとに組まれ、年度ごとに編成が変わるらしい。

その発表が異動初日の朝礼であるというので、私はいったい誰とどこを担当するのだろうと、期待に胸を高鳴らせていたのだけれど。

「神崎さんは、真城くんと組んで北ヨーロッパ地域を担当してください」

いつも通り穏やかな調子の浅井部長にそう言われ、「えっ」と小声が漏れてしまった。決して嫌というわけではない。しかし、どうして最近こうも頻繁に彼と縁があるのだろう。

会社の同僚と同じマンションに住んでいるというだけでもレアケースな気がするのに、異動先の部署、そしてチームまで同じになってしまうなんて。

しかも三、四人で組んでいるチームもある中で私たちはふたり組。これからは真城さんとバディの関係になるってことだ。一緒に過ごす時間も格段に増える。

「改めてよろしく、神崎さん。北欧は以前も担当したことがあるけど、基本的に英語が通じる地域だから、やりやすいと思うよ」

朝礼の後、さっそく真城さんが歩み寄ってきて挨拶してくれる。

しばし呆然としていた私は、慌ててぺこりと頭を下げた。どう考えても新参者の私から挨拶するべきだったのに、いきなり後れを取ってしまった。

「こちらこそ。真城さんの足を引っ張らないように精進します」

「きみなら大丈夫だろ。じゃ、さっそく始めようか」

彼のデスクの隣に私の席が用意されており、促されるまま椅子に腰かける。

後ろに立った真城さんが身を屈め、私のパソコンを操作し始めた。

ち、近い……。けどこれしきで動揺していたら、彼の相棒なんて務まらない。

できるだけ真城さんを意識しないようにパソコンの画面をジッと睨む。

「発注書や納品書の作成、輸出入の手配は前の国内営業部でもやっていたよな」

「はい。でも英語での書類作成は未経験です」

「じゃ、慣れるまでは念のため部長の前に俺に見せて。修正箇所があれば指摘する」

「ありがとうございます」

その後も真城さんから業務内容やそれによって使用するソフト、データの保管場所などの説明を受ける。アナログ派な私は細かくメモを取って頭の中を整理しつつ、仕事へのイメージを膨らませていく。

「基本的にやっていることは国内営業部と似てる。まずは担当地域の市場調査、それに基づく営業戦略の立案。取引相手の国籍や文化が変わるだけで結構勝手が違うから、難しいけどおもしろいよ」

「おもしろいと言えるのは真城さんが優秀だからなんでしょうね。私も早くその域に辿り着けるように頑張りたいです」

「神崎さんならすぐだろ。さて、机上の話はこれくらいにしておいて、挨拶まわりに行こうか」

真城さんがそう言ってビジネスバッグを持ったので、私も即座に立ち上がって自分の荷物を持つ。

「今日はどちらへ?」

「お世話になってる海運会社がだいたい横浜《よこはま》に集まっているから、そのいくつかとアポを取ってある。挨拶の後は少し港を見て回ろう。万が一輸送のトラブルがあった場合、直接現場に出向いて対応することもあるんだ。だいたいの場所を知っておいた方がいい」

「わかりました」

仕事で真城さんと組むことになったのは予想外だったし多少の気まずさもある。けれど、念願だった海外営業部に配属されたのは間違いなく幸運。

これから新しい環境で大きな仕事ができると思うと、心地いい緊張感と期待感で、胸が弾んだ。


真城さんが運転する社用車で横浜へ向かい、午前と午後に分けていくつかの海運会社を訪問した。当然海外の企業も多く英語で挨拶する際は多少まごついてしまったが、数をこなすうちに慣れてきて、スムーズに話せるようになった。

もっとも、何年もニューヨークに駐在していた真城さんの英語力には、逆立ちしても敵わないけれど。

「もうこんな時間か。急いで帰ろう」

最後の一社を出て駐車場まで歩く途中、真城さんが腕時計を見て呟く。間もなく定時の午後六時。辺りは薄暗く、横浜らしい港の夜景が輝き始めていた。

「真城さんひとりだったらこんなに時間はかからなかったですよね。仕事の合間にも色々ご指導くださってありがとうございました」

「ご指導ってほどでもないだろ。会社にこもってるより外に出てる方が好きだし、それがこういう景色のいい場所だったりすると、気分転換にもなってちょうどいいんだ」

サラッとそう言って、彼が車のロックを開ける。こちらに極力気を遣わせない言い方が、いかにも彼らしい。

「しかし、これが会社の車でなきゃ、このままマンションに帰ればいいだけなのにな」

帰る場所が同じなので、会社に寄るのが億劫なのだろう。運転席でため息をつく彼からはいつもの眩しすぎるエリート感が薄れ、どこか親しみやすさを覚えた。

「確かにそうですね」

「先にきみのことだけ送ろうか？　あとは車を返すだけだし、神崎さんは直帰したと伝えるよ」

「いえ、行きも帰りも真城さんに運転させてしまったうえ、ひとりで先に帰るなんてできません。もともと残業するつもりだったのでお気になさらず」

運転免許を持っていても、車を持っていないので運転することはなく、単なる身分証明書。どちらが運転するかという話になった時に真城さんにペーパードライバーだと正直に伝えたから、今日は彼が運転を買って出てくれた。

仕方がないこととはいえ、これ以上彼に甘えるわけにはいかない。運転ができなかった代わりに、明日以降の彼の負担を軽減するべく少し仕事をするつもりだから、会社に寄ってもらえた方が都合がいいのだ。

「それならいいけど、運転のことは気にしないで。俺も車は持ってるけど、プライベートではあまり乗らないんだ。東京に住んでるとあまり必要ないよな」

なんて言って、休日は助手席に女性を乗せてドライブしているんじゃないの？

運転席に乗り込んだ彼の隣でシートベルトを締めつつ、心の中だけで問いかける。頭に浮かんだのは、以前マンションのエントランスでぶつかったショートヘアの女性だ。真城さんが泣かせたと思われる、綺麗な人。

無事に仲直りはできたのだろうか。

走り出した車は、首都高の湾岸線に入る。混雑しやすい夕方だからかさっそく渋滞していて、あまり速度が出せなかった。

イライラするドライバーもいるかもしれないけれど、真城さんはむしろのんびりとした調子で景色に目をやった。

「横浜方面からの帰り道ば、この夜景が見られるからいいよな」

真城さんがそう呟いた時、私たちの車はベイブリッジを渡る手前だった。暗い海に浮かび上がる、巨大な白い橋。等間隔に並んだ街灯や走行する車のランプも、ロマンチックな夜景の一部となって横浜の海を彩っている。

「……綺麗」

景色を見ただけで素直に感動したのは久しぶりだった。日々のランニングでもよく海辺を走るけれど、毎日のように見ていればもはや日常風景になる。

同じ東京湾なのに、なにが違うのだろう。不思議と今日の夜景は胸に沁みる。

「神崎さん、疲れてるんだろ」

「えっ？」

「なんか泣きそうな気配を感じたんだけど、違う？」

自分ではそんなつもりなどなかったので、戸惑って目を瞬かせる。

その時、睫毛がほんのわずかな水滴を弾いた。

嘘、私、泣いてた……!?

「す、すみません！　なんでだろう。たぶん、とくに理由はないです！」

慌ててハンカチを出し、目元にあてる。

本当に、なんで涙が出たのか謎だ……。

「言いづらかったら無理しなくていいけど、針ヶ谷のこと？　……ほら、試飲会の後ちゃんとアイツからフォローがあったのかも聞いてなかったし」

……真城さん、あの日のこと覚えていてくれたんだ。

ささいな優しさがジンと胸に沁みて、気づけば彼の問いかけに答えていた。

「フォローは、とくになかったです。それどころか、契約がうまくいったことを報告しても、興味も関心もないって感じで」

あの日の発熱が仮病だったのかどうかまではさすがに聞けていないけれど、彼の冷たい態度を見る限り九割がたそうだったのではないかと思っている。

「そうだったのか。まったく、アイツはどうしてきみにつらくあたるんだろうな」

「針ヶ谷さんだけじゃありません。基本的に同僚たちから近寄りがたいと思われているのもわかっているし、同性の後輩が『ああはなりたくない』と私の噂をしているのも偶然聞いちゃいました。針ヶ谷さんがよく言う〝かわいげがない〟って評価もあながち間違いじゃないって自分でも思います。それでも、私には仕事しかないから……」

鼻がツンと痛んで、窓の向こうの夜景がゆらゆら揺れた。私、なにを言っているんだろう。こんなにカッコ悪い胸の内、誰にも話したことなかったのに……。

「ご、ごめんなさい変なこと言って……！　たぶん、異動したてで疲れてるんです。今の、忘れてください」

「神崎さん……いいよ、強がらなくたって。ここには俺しかいないし、きみの涙を見たことも、今聞いた話も誰かに話すつもりはないから」

真城さんの優しさに、また瞳が潤んでしまう。だけど、やっぱり泣き言を言うなんて私らしくない。仕事しかないだなんて口走ってしまったけれど、決して嫌々取り組んでいるわけじゃないのだ。

私は一度洟《はな》を啜《すす》ると、これ以上彼に心配をかけないよう顔を上げる。

「好きなんです、営業の仕事は。憧れだった海外営業部に入ることができたのも本当に夢みたいで、異動を打診された直後は信じられなかったです。私もあのエリート集団の一員になるの？って。あっ、でも今はもちろん違いますよ！　真城さんだってすぐに追い越してみせますから！」

暗いムードを払拭したくて、後半は少し冗談めかして言った。真城さんも気持ちを汲んでくれたようで、空気を変えて和やかに微笑む。

「でも、俺と組むと決まった時はちょっと〝げっ〟と思っただろ。住んでるマンションも同じなのに、仕事でも一緒かよって」

真城さんは冗談のつもりだろうけれど、軽く図星だったので慌てる。

「そ、そんなことあるわけないじゃないですか……！　もちろん、真城さんほど営業成績のいい方と組むことに多少のプレッシャーは感じますが、一緒にお仕事できるのはむしろ光栄というか、自分のキャリアにもきっとプラスになるだろうなって思ってます」

我ながら、うまいことを言った。これなら納得してもらえただろう——。

「それが営業トークじゃないことを信じるよ」

「そんな……！　私は本心で」

「いつもの仕返し。俺の気持ちわかった？」

ちらりとこちらを一瞥した彼の目が少し意地悪で、私はきゅっと口をつぐむ。

彼に褒め言葉を投げかけられた時、私はいつも営業トークだと決めつけてまともに受け取ってこなかった。

それをこんなところで持ち出すなんて、真城さんって結構根に持つタイプ？

「……すみませんでした」

「俺ってそんなに胡散臭い？」

直球で尋ねられ、すぐには答えられずに口をつぐむ。

彼が同じマンションに引っ越してきた当初は、確かにそう思っていた。でも、今はそれがただの偏見だったのだとわかる。彼が向けてくれる優しさや励ましの言葉には、いつも嘘がないから。

「違うんです。ただ、針ヶ谷さんのような人もいるので私が勝手に警戒しちゃってただけで……今は、先輩として尊敬していますし、とても優しい方だと思っています」

「そっか。ありがとう。ちなみに〝優しい〟って、褒め言葉で合ってるよな？」

「……はい。まだ営業トークを疑ってるんですか？」

「いや、変なこと言ってゴメン。……これまで、私生活ではその優しさが裏目に出る、みたいな経験が多くてさ」

　真城さんが自嘲気味に呟いた。

　前方を見据える彼の瞳に見たことのない憂いが滲んでいて、いつもと違う彼の様子にどきりとする。私生活って……恋愛とか？

「それって、この間マンションにいた女性が関係あります？」

「えっ？　ああ、きみは彼女の姿を見ていたのか」

「はい。女性とすれ違った直後に真城さんと会ったので、あの人がお客さんだったのかなって。……彼女、泣いてましたよね？」

　私は無関係な人間だけれど、女性の泣き顔と、直後に会った真城さんのどこか冷たい態度を考えると、どうしても女性側に同情してしまう。

会社でも目立ってモテる彼のことだから、彼女という恋人がいながら他の女性とも……みたいな、だらしない行動を取ったのではないかと。

「不思議と、泣きつかれることは多いんだ。だけど、本気で選ばれた経験は一度もない。せいぜい、相談相手とかそんな感じだ」

「相談相手……」

にわかには信じがたい話だ。

会社で真城さんと付き合いたい女性に挙手を求めたら、女性社員の九割が手を挙げそうなイメージなのに。

「いい人止まり、とかよく言うだろ？　どうやら女性の目から見て、俺はそういう存在らしい。付き合った女性にすら『優しくする以外できないの？』って言われてフラれたこともある。俺も俺で、その彼女を必死で追いかけるほど熱烈な気持ちにはなれていなかったから、おあいこなんだろうけど……」

……意外だった。真城さんにそんなコンプレックスがあったなんて。

仕事と同じように、狙った獲物は逃がさないタイプだとばかり思っていた。

でもそういえば、前に女性社員に囲まれていた時、彼は困った顔をしていたっけ。

適当にあしらえばいいのに、どんな疑問にも真摯に答えてますます女性たちを喜ばせ、話を切り上げるタイミングを見失っていた。

つまり、真城さんは根っからの人たらしというわけではなく、実は優しすぎて不器用なだけ……？

「――って、なんか愚痴っぽくてゴメン。せっかく綺麗な夜景を見てるんだから、ここは神崎さんを口説くところだよな。きみの方が綺麗だよ、とか言って」

急に饒舌になる彼だけど、表情も口調もあからさまにぎこちなくて、本心でないのは明らかだった。

珍しく隙だらけの彼に面喰らって、なのに不思議と笑顔がこぼれた。

「大丈夫です。『夜景よりきみの方が――』なんてセリフを吐かれたら、それこそ真城さんのこと胡散臭い人認定していましたよ」

「うわ、危なかったー……」

おおげさに安堵の息をつく真城さんがおかしくて、クスクス笑う。

今までの私は、彼のことを浮世離れしたエリートと認識し、勝手に壁を作っていた。でも今は、彼にも人間らしい一面もあると知ったせいか、その壁が崩れて適度に緊張感が抜けた。

もう少し彼とゆっくり話してみたくなって、ノロノロとベイブリッジを渡る途中、頭上に【P】の標識を見つけ、彼に問いかける。

「真城さん、大黒《だいこく》パーキングに寄りませんか？　運転のお礼にコーヒーご馳走します」

「あ、もしかして俺のこと哀れんでる？」

拗ねたように唇を尖らせる真城さん。こんなに卑屈な彼も珍しいのではないだろうか。壁がなくなったのは私の方だけではないのかもしれない。

「とんでもない。どちらかというと仲間意識感じちゃいました。私も恋愛はダメダメなので」

彼がコンプレックスを打ち明けてくれたのは、きっと私が先に弱みを晒したからだろう。そういうさりげない気遣いができる彼にならあまり人に話してこなかった悩みも言いやすい気がして、少し迷いつつ自分の恋愛についても触れた。とはいえ暗いムードにはしたくなかったので、極力明るさと笑顔をキープする。

「……そっか。まったく、誰も彼も見る目ないよな」

彼は深い事情まで聞かず、励ますように言ってくれる。やっぱり優しい人なんだなと、あらためて彼の人柄に好感を持った。

「でも大丈夫です。私たちには仕事と、あの素晴らしい住まいがあるじゃないですか」

勝どきの高級レジデンスに住んでいるのは、上質な暮らしを送るためだけでなく、こうやって自分のモチベーションを上げるため。

真城さんという同志ともご近所さんになれたことだし、やっぱり引っ越して正解だった。

「確かに。おひとり様上等だよな」

「その通りです！」

異様な盛り上がりを見せる車内はロマンチックとは程遠いが、たまにはこんな夜もいいだろう。恋も愛もなくても遠ざかる横浜の夜景は綺麗で、私は、真城さんの隣にいるのを初めて心地よく感じた。


それから一週間余りが経ったある日。私は初めて、真城さんと一緒に社内のプレゼン会議に参加する機会があった。一緒に、とはいっても私は真城さんが集めてくれたデータを資料にまとめる裏方と、会議当日は彼の隣で進行のお手伝いをしただけ。

今年度担当している北欧地域で私たちが展開しようとしているデンマーク産ワインの取引に関する新しい企画について、海外営業部の役職者と浅井部長、またさらに上の役員たちに説明し、その承認を得るための会議だった。

骨組みはほとんど真城さんが考えてくれたとはいえ、その市場の将来性や収益性を調べ資料に反映させるうち、私もとてもワクワクするようになっていた。

だから、時折会議の参加者からの質問を振られた時もしっかり答えることができたし、資料の穴などを突っ込まれることもなく、無事に私たちの計画は承認を得ることができた。

「プレゼン、成功してよかったな。初めて一から神崎さんとやることになる仕事だから、問題なくスタートを切れてホッとしたよ」

会議を終えてふたりで営業部に戻る途中、真城さんがそう言って穏やかに微笑んだ。

彼ならどんな仕事もなんなくこなしてしまうように見えていたけれど、そばで仕事をするようになって、そのエリートさは努力に裏打ちされたものだと知った。

クールに見えてもプレゼンの前は人並みに緊張していたし、会議が成功に終わった時には、得意げに笑って拳を突き出してきたので、私も遠慮がちに拳をぶつけ、健闘をたたえ合った。

お互いに見栄を張ったりすることなく、仕事を通じて彼との信頼関係が深まっていくのが、今はとてもうれしい。

「私もです。今はまだ真城さんに頼りきりですけど、せっかく通った企画を成功させるよう、もっと頑張ります」

「頼りにしてるよ。でも、根を詰めすぎないように」

真城さんと一緒に仕事をするようになってから、変わったことがある。彼が時折こうして働きすぎを指摘してくれることで、放っておくといつまでも仕事をしてしまう私のストッパーになってくれているのだ。

「それじゃ、会議も成功してホッとしたところで、一旦コーヒー休憩にしませんか?」

「ああ、賛成。一件だけちょっと電話で確認したいことあるから、先に休憩スペース行ってて」

「了解です」

軽い足取りで、同じフロアの休憩スペースを目指す。前に通りかかった時あまり気分のよくない噂話が聞こえてきたのを思い出し、さすがにもうああいうシーンに出くわすのは嫌だな、と苦い気持ちを抱いた瞬間――。

「あの人、海外営業部に行ってまだ一週間とちょっとなのに、さっそく真城さんと対等に仕事してるらしいよ。浅井部長なんて、『最強コンビ誕生ですね』なんてニコニコしちゃってるし、なーんかおもしろくない感じ」

……私はどうやらことごとく間が悪いらしい。休憩スペースの手前でぴたっと足を止め、どうやら私の悪口らしい会話に耳を澄ませる。声の感じからいって、以前針ヶ谷さんと一緒にいた後輩のふたりだろう。

「おもしろくないって、神崎さんが出世していくのが？　それとも、神崎さんが真城さんと同僚以上の関係になっちゃうかもってこと？」

「いや、それはないでしょ。いくら美人でも、あのたくましい神崎さんだし」

「だね。むしろ女性とは思えないからこそ、真城さんも仕事しやすい説ある」

「それだ。だから逆に仲良しに見えるんだよ！　どっちかというと男友達的な！」

「あははっ、超失礼～」

そんなこと他人に言われなくても自分自身が一番よくわかってるし、真城さんとの仲を疑うなんて彼にも失礼だ。

彼が来る前に、くだらない話はやめてもらおう。

前回悪口を耳にした時は逃げてしまったけれど、今回は意を決して休憩スペースの方に歩みを進めた。

「お疲れさま。休憩？」

こちらから声をかけると、彼女たちはあからさまに動揺し、揃って押し黙る。

そんな態度じゃ、私に聞かれたくない話をしていたのが丸わかりだ。

「そ、そうなんです。でもそろそろ戻ろうかと……」

「ねっ」

目は泳ぎまくり、口調は完全に怯えている。私ってそんなに怖い存在？

あえてそう聞かなくても答えはなんとなくわかるけれど……。

「神崎さん、待たせてゴメン」

その時、真城さんが颯爽と休憩スペースに入ってくる。自虐的になりかけていた心が、彼の顔を見たら不思議と楽になった。

「そんなに待ってないですよ」

「それならよかった。きみたちもコーヒー？」

真城さんが、ふいに後輩たちに話を振る。いつもなら彼女たちも喜ぶところかもしれないが、後ろめたさがあるのか挙動不審に目配せをして頷き合っている。

「私たちはもう済みましたので、失礼しま〜す」

「どうぞごゆっくり……」

彼女たちがそそくさと去っていくと、ホッとして気が抜ける。真城さんに変な話を聞かれずに済んでよかった。もし聞かれていたら、彼との関係が微妙な感じになりかねなかったもの。

私は小さく息をつくと、気持ちを切り替えて彼を見る。

「とにかく座りましょっか。コーヒーで乾杯です」

「……ああ」

真城さんのことだからなんとなく不穏な空気が漂っていたのに気づいていただろうけれど、聞いてくれるなというように私が背を向けたからか、後輩たちのことには触れずにいてくれた。

別に、彼女たちが話していたことはおおむね事実なんだから傷つく必要はない。

私が真城さんと築きたい関係は、男女間の脆《もろ》いそれよりむしろ同性間の友情に近いものだ。男友達とか、相棒とか、そういう色っぽくない間柄の方がよっぽど心地いい。

自分にそう言い聞かせながら彼と一緒に飲んだコーヒーは、なんだかいつもより少し苦い気がした。

「俺たち同じマンションに帰るから」

異動から二週間経った週の金曜日。新年度のバタバタ感も少し落ち着いてきたので、営業部の若手社員に部長を加えた十名での飲み会が開催された。会場は会社から徒歩圏内の、カジュアルなステーキハウスだ。

以前、アメリカワインが飲みたいと言っていた女性社員の希望を律儀に覚えていた真城さんが、店のチョイスも予約も済ませてくれた。

退勤時間はいつもバラバラな営業部メンバーだが、今日ばかりはみんな気合いを入れて定時に切り上げていた。

店までの移動中、とくに誰とも群れずに歩く私の前方で、真城さんがまたしても女性陣に囲まれている。いつものように愛想よく対応していたけれど、彼の素顔を知った今、優しくしすぎて疲れていないか勝手に心配になる。

「さっきから真城のことばっか見て、周りの女たちに妬いてんのか？」

そう言ってふいに隣に並んできたのは、針ヶ谷さんだ。私はもう別の部署に異動した身。ようやく彼との繋がりが切れたと思っていたのに、なぜいまだにこうして突っかかってくるのだろう。

「変なこと言わないでください。私と真城さんはただの同僚でなにもありません」

「ふうん。今まであんまり飲み会に来なかったのに急に参加することにしたのは、てっきり真城目当てなのかと思ったよ」

針ヶ谷さんがにやにやして私の耳元に顔を近づけた。

確かに、私はそれほど付き合いがいい方じゃない。お酒は好きだけど、会社の飲み会は仕事の延長のようで楽しく酔えないから、欠席することも多かった。

ただ、今日は真城さんが『色々な店に行っておくと、あとで仕事に役立つ場合もあるよ』と助言してくれたから、そういうこともあるか……と納得して参加しただけだ。

この間の後輩たちといい、どうしてみんなすぐ恋愛に絡めたがるんだろう。こんな風に絡まれるくらいなら、やっぱり欠席すればよかった。

針ヶ谷さんに接近されている左半身だけ肌が粟立つようにぞわぞわして、彼を振り切るように歩く速度を上げる。

「なんだよ、逃げなくたっていいだろ。俺だって昔は神崎のこと結構かわいがってやってたのに」

「別に、逃げているわけじゃ……」

しつこくまとわりついてくる針ヶ谷さんにいっそう嫌悪感が増していたその時、目の前に人の気配を感じた。

「神崎さん、ちょっといい？」

いつの間にそばに来たのだろう。真城さんが、私たちの行く手を阻むように立っていた。針ヶ谷さんがつまらなそうな顔をして、少し私から距離を取る。

「は、はい。なんでしょう……？」

「今日は何時くらいに帰るつもり？」

「えっ？　ええと、とりあえず一次会がお開きになる頃には……」

店の予約は午後七時から二時間半。その場の雰囲気にもよるが、遅くとも十時までには帰るつもりだ。

「じゃ、俺もその頃一緒に帰るよ。ひとりじゃ危ないから送っていく」

真城さんの発言に、針ヶ谷さんが隣でぎょっとした顔をする。

私の頭の中も疑問符でいっぱいだ。

どうして急に一緒に帰るだなんて？　真城さんの純粋な優しさ？

さっきまで彼を取り囲んでいた女性陣からの痛い視線も感じ、慌ててしまう。

「いえ、私なら大丈夫ですから、真城さんはみんなと楽しんでください」

「気にするなよ。もともと早く帰るつもりだったんだ」

いや、そういうことを言っているわけでは……。

困惑して目を瞬かせていると、針ヶ谷さんがずいっと割り込んでくる。

そしてさりげなく顎を動かし、殺気立った女性陣の方を示した。

「お前が帰ったら、あいつらの相手は誰がするんだよ。神崎のことなら俺が送る」

「いいんだ。俺が送った方が効率的だし」

「……効率的？」

針ヶ谷さんが片眉を上げて不思議そうな顔をする。

真城さん、なにを言おうとしているの……？

なんとなく嫌な予感がするも、口を挟むことはできずふたりを交互に見つめる。

「俺たち、同じマンションに帰るから」

「はっ？」

針ヶ谷さんが呆けた声を出し、私と真城さんを交互に見た。

ちょっと待って、真城さん。それは言わない約束だったのでは？

彼の発言を引っ込めることはできないが、説明不足も甚だしい。私はすかさず補足をするべく口を開く。

「ち、違いますよ。あの、建物としてのマンションって意味で、部屋自体はもうまったくの別々で、近所づきあいもとくには――」

「でも、同じ洗剤で服を洗う仲だよな？」

えっ？　洗剤……？

一瞬なにを言っているのかわからなかったものの、意味深な目で顔を覗き込んでくる真城さんからふわりと漂う香りに、あっと思い当たる。

この香り、真城さんが引っ越してきた日にくれた洗剤。……彼は日常的に使っていたんだ。実は今、私が纏うブラウスからも、同じ匂いがしている。もともと自分が使っていた洗剤が空になり、つい最近使い始めたばかりなのだ。

だからって別に真城さんと同じ洗濯機で洗っているわけじゃないのに、どうしてそう誤解されるような言い方ばかりするの……！

軽くパニックに陥っていると、針ヶ谷さんが舌打ちするのが聞こえた。

「……んだよ。やっぱお前らデキてんのか」

「さあな。ご想像にお任せする」

「さんざん見せつけといて白々しいこと言うな」

針ヶ谷さんはそう言うと、つまらなそうに鼻を鳴らして私を見る。

「思った通り、エリートの真城にすり寄っていい顔してたんだな」

「ち、違います……！　私は別に……っ」

「真城、この女、自分にとって利用価値があるかどうかで人を選ぶから気をつけろよ。油断してると出世の踏み台にされるぜ」

私の反論を無視したかと思えば、今度は真城さんに忠告するふりをして嫌味を言う針ヶ谷さん。言い返そうと口を開きかけるも、真城さんが私を背に庇うようにしてサッと前に立った。

「ということは、少なくとも俺は〝価値がある〟と思ってもらえてるということだよな。有能な神崎さんにそう思ってもらえるなんて、むしろ光栄だよ。選ばれなかった立場の針ヶ谷が心配することはなにもない」

落ち着いた口調ながらも火に油を注ぐようなことを言う真城さんに、思わずハラハラしてしまう。

「なっ……！　お前、調子に乗るのもいい加減にしろよな」

針ヶ谷さんは案の定頭に血が上ったらしい。吐き捨てるように大声を出すと、スタスタと前を歩いていた女性陣と合流し、「早く酒飲みてー」とわざとらしくこぼしていた。

「あの、どうしてあんな言い方を？　完全に誤解されましたよ」

さすがに抗議せずにはいられなくて、少しきつめの口調になった。

しかし、見上げた先の真城さんに、後悔や反省の色はない。

「あぁでも言わないと針ヶ谷がどんどんエスカレートしそうだっただろ」

「間に入ってくれたことは感謝しています。でも、もう少し別の言い方があったんじゃないでしょうか？」

助けてもらった手前こんなこと言いたくないけれど、仕事のできる真城さんだったらもっとスマートにやり過ごせたのでは？と思えてならない。

「……言葉は少し乱暴だったかもしれない。でも、あんな風にきみに暴言を吐くアイツを見ていたら我慢ができなかったんだ。ムキになってごめん」

真城さんの気まずそうな様子を見る限り、開き直っているわけではなさそうだ。

それにしても、針ヶ谷さんに対してムキになったりするなんてやっぱり彼らしくない。これ以上責めても仕方がないけれど、ついため息がこぼれる。

「どうするんですか？　飲み会の雰囲気地獄ですよ、これ」

「だな。絶対に針の筵《むしろ》。針ヶ谷だけに」

「全然おもしろくないんですけど」

ぽつぽつと話しているうちに、店に到着してしまう。

今夜はワインが進みそうだ……。


ステーキハウスに到着すると、肉の焼ける芳ばしい香りがした。

ひとりだとなかなか外食、しかもステーキを食べよう！という気分にはならないので、店に漂う肉々しい香りを嗅いだだけで、鬱々していた気分が少しましになる。

いっそ飲み会の空気を読むことは放棄して、肉を食べることに集中しようか……。

投げやりなことを思いつつ、店員の案内に従って賑やかなフロアを通り、個室に移動する。

ほの暗い間接照明に照らされた部屋は落ち着いた雰囲気で、五名ずつ向き合う形に椅子が設置された長テーブル、皿やナプキンが綺麗にセッティングされていた。

まずは浅井部長を上座に通し、各々適当な席に着く。

すっかり意気投合したらしい針ヶ谷さんと女性陣がひと固まりになって座ったため、彼らから一番遠い端の席を選ぶ。隣には真城さんが座った。

「あの、少し離れた方がよくないですか？　針ヶ谷さんにまたなにを言われるかわかりません」

「どうせ、一緒に帰ったらその後でさんざん言われるから同じだよ。それとも、他の人と話したい？」

「いえ、別にそういうわけでは……」

私はわりと公私の区別がハッキリしているので、会社の中にこういう時和気あいあいと話せるような親しい相手はいない。

寂しい奴だと思う人もいるのかもしれないけれど、あまり馴れ合ってしまうと仕事がやりにくくなる。学生時代からの友人や、趣味をさらけ出せる千笑ちゃんの存在もあるから、わざわざ会社の中で友達を探そうとは思わないのだ。

「じゃ、いいだろ。別になにも悪いことをしているわけじゃないんだ。噂したい奴にはさせておけばいい」

「……そうですね」

さっぱりした彼の考え方には同意した。

たとえば私と真城さんが本当に付き合っていたとしても、外野に口を出される筋合いはない。どうせ興味本位なのだから、聞き流すのがきっと正解だ。

しばらくすると予約専用のコース料理が始まり、前菜のシュリンプカクテルが運ばれてくる。店のソムリエがペアリングしてくれたスパークリングワインが全員分揃ったところで、部長が簡単に日頃のみんなを労う挨拶をして、食事が始まった。

「美味しい……！」

色鮮やかで弾力のある海老とカクテルソース、そして辛口のスパークリングワインの相性は抜群だった。これからの料理もなお楽しみになる。

「ワインによく合うよな」

「はい。それに海老ってもともと大好きなんです。こんなにひとり占めして食べられるなんて幸せだな……」

ひとり占めといっても前菜だからそれほど量は多くないが、幼い頃は弟たちと奪い合うようにして食事をしなければならなかったから、毎食が戦いだった。

とくに海老は姉弟全員の好物だったから、海老フライでも海老チリでも、よそ見をしていたらすぐになくなってしまう。

ひと口ごとに感動しながらじっくり海老を味わっていると、隣の真城さんがクスッと笑ったのが聞こえた。顔を上げると、完全に私を見て微笑んでいる。

「な、なんですか……？」

「いや、美味しそうに食べるなと思って。ひとり占めにそんなに喜びを感じるってことは、兄弟多いとか？」

真城さんに指摘され、かぁっと頬が熱くなる。はたから見てわかるほど海老にテンションが上がってしまうなんて、子どもみたいで恥ずかしい。一旦フォークを置き、言い訳のように説明する。

「はい。弟がふたりいる三人姉弟です。子どもの頃いつも弟たちに海老を取られて悔しい思いをしてたので、こうして優雅にマイペースで食べられるのがうれしくて」

弟たちが育ち盛りになると〝お姉ちゃん〟の自分を意識して、あえてふたりに譲ることもあった。同じきょうだいなんだから遠慮はいらなかったのかもしれないけれど、なんとなく我慢してしまうのが癖になっていたのだ。

「なるほど。俺はひとりっ子だからその賑やかさにはちょっと憧れるけど、長女も大変そうだよな。神崎さんがしっかり者に育った過程がなんとなく想像できる」

「それほど自覚はありませんが、〝しっかりしなきゃ〟っていう強迫観念みたいなものはありました。別に親に強いられたとかじゃなく、自分で自分を縛ってただけなんですけどね」

弟たちは年子で、ふたりともお世辞にも大人しいとは言えないタイプ。小さな頃は外出させるだけで四苦八苦していた。とくに母か父のどちらかしか付き添いがいない場合、上の弟より三つ年上の私は自然と保護者的役割になっていた。

「昔から責任感が強かったってことだ。きみらしい」

「まぁ、そのせいで甘え方とかわからないまま大人になってしまいましたけど……」

自嘲気味に話し、グラスに残ったスパークリングワインを飲み干した。

真城さんはコメントに困っているのか、黙り込んでいる。

姉弟のことを聞かれただけだったのに、余計な話をしてしまった。仕事で横浜を訪れたあの夜に腹を割って話したせいか、真城さんの前ではつい気が緩んでしまうみたいだ。

もっと明るい話題を振らなきゃ、とあれこれ考えていると、真城さんのスマホが鳴った。

「すみません、ちょっと離れます」

画面を確認した彼は周囲のみんなにそう言って、忙しなく椅子から立つ。

「はい、真城です。お世話になっております」

静かな場所に移動するためか、彼はそのまま個室を出て行った。

……どうやら仕事の電話がかかってきたようだ。

慌てて沈黙を埋める必要がなくなり、少しホッとする。彼が席を外している間にサラダが運ばれてきて、今度は色鮮やかなロゼワインがグラスに満たされた。

それらを黙々と味わっていると、ふと正面にいた海外営業部の先輩女性と目が合う。

「そういえば神崎さんって甲州ワイン詳しいよね？　ちょっと教えてほしいことあってさ」

彼女は営業部の中でもわりとフラットに私と接してくれる、数少ない存在。

せっかくの飲み会で真城さんとばかり話しているのもどうなのかと思っていただけに、話し相手になってもらえるのはありがたい。

「はい。国内営業にいる時自然と詳しくなりましたので、私でお役に立てることならなんなりと」

「ありがとう。私のチームは東南アジア担当なんだけど、日本産の、特に甲州ワインが結構人気で、もっと色々な商品を見せてくれって言われてるの」

「それなら、ご紹介できる生産者さんたくさんいると思います！　ちなみに味とか価格のニーズって――」

思いがけず仕事の話で盛り上がり、ワインが進む。海外営業部の先輩からこんな風に頼ってもらえることも初めてで、うれしくなってしまったせいもあると思う。

しばらくすると、アルコールが回ってきたのか頬が熱くなってきた。

……このまま飲みすぎてもよくないし、後で部屋の外の空気でも吸ってこようかな。

先輩との話が一段落したところで「ちょっとお手洗いに」と告げて、個室を出る。

化粧室に入って鏡の前に立つと、思った通り頬がほんのり赤くなっていた。

メインのステーキを食べる前からこんな顔してるなんて、完全にペース配分間違えてる……。

軽くメイクを直し、それでも頬の赤みはどうにもならないまま個室に戻る。その途中で、通路の反対側から真城さんが歩いてきた。

「お電話、大丈夫でした？」

「ああ。雑談が長い百貨店のワイン担当者なんだけど、根気よく聞いてたら発注数増やしてくれることになった。デンマークワインにも興味あるってさ」

真城さんのしたり顔に、思わずふふっと笑う。

面倒でも話を適当に切り上げないのは、彼の人柄のよさがなせる業だろう。

「さすがですね」

「俺のことより神崎さんは平気？　顔、赤くなってる気がするけど」

「ご心配おかけしてすみません。多少酔ってる感じはありますが、体調が悪いというほどではないので大丈夫です」

「そう？　それならいいんだけど……」

室内より薄暗い通路でジッと見つめられ、反射的に鼓動が跳ねる。恥ずかしくなって目を逸らし、「そろそろ戻りましょうか」と足を進めた瞬間、ぐっと手首を掴まれて引き留められる。

真城さんの手が大きくて熱くて、彼を急に男性として意識してしまう。

「神崎さん」

「は、はい」

「さっき、甘え方を知らないって話をしてたけど……俺には遠慮なく甘えていいし、頼ってほしい」

「えっ？」

おずおず彼を見上げると、まっすぐな眼差しに射貫かれる。

仕事の話……だよね？　っていうか、それ以外にないでしょう。酔っているからか、一瞬勘違いしそうになってしまった。

これくらいでドキッとするなんて、男性への免疫力低下もいい加減笑えないレベルに到達しているようだ。

「ありがとうございます。でも、今でさえ真城さんに頼ることが多いので、もう少し自分ひとりで色々な判断ができるようになりたいです。真城さんの足を引っ張りたくありませんし」

「そう言ってきみはなんでもひとりで抱えようとするだろ。俺たちは仲間なんだから困った時はもっと――」

段々と声が大きくなってきた真城さんをぽかんと見ていたら、彼がハッと我に返る。

それから少し顔を赤らめ、口元を手で覆った。

「……なんか俺、今すごい青臭いこと言ってたな。説教なんかできる立場でもないのに、ごめん」

きまり悪そうなその表情は、最近見慣れてきた素の真城さんだった。

頭がよくて仕事ができて女性から人気で、挫折なんか知らないように見える彼だけど、実は私と同じで恋愛にはコンプレックスがあったり、こうして自分の発言を後悔したり、つまらない洒落を言ったりする。

そうして彼の意外な一面を知るたび、近寄りがたいキラキラオーラがいい意味で剥がれて〝エリートな先輩〟ではなく、ひとりの人間として彼を見ることができるようになっていた。

彼は説教だなんて言ったけれど、それが彼の優しさによるものだっていうのも、ちゃんとわかっている。

「謝らないでください。お気持ちは本当にうれしいです。真城さんが相棒だからこそ頑張れている部分もあるので」

「それならいいんだけど。真面目な話、限界がきそうだったらその前に言えよ」

「了解です」

それから彼と相談し、あらぬ噂をされるのを避けるため少しタイミングをずらして個室に戻った。

大勢の場であまり同僚と打ち解けられない私は黙ってしまうことが多かったけれど、真城さんが席の近い社員たちを巻き込んでうまく会話を盛り上げてくれたので、聞き役に徹しているだけでも楽しい。

飲み会に参加するのも、たまには悪くないかもしれないな……。

そんなことを思いながら、ワインと料理の美味しさを純粋に味わう。

メインのリブロースステーキは霜降りなのに重たくなく、ほどよいコクのある赤ワインとよく合った。付け合わせのマッシュポテトもふわふわで上品。

正直なところ、アメリカがルーツのステーキハウスはもう少し豪快で荒っぽいと思い込んでいただけに、驚きの連続だった。

「こんなに素敵なお店、どうやって知ったんですか？」

隣の真城さんに思わず尋ねる。

東京には星の数ほど飲食店があるけれど、その中で当たりを引くのは結構難しい。

「他の人に言うなよ」

厳しい目をした真城さんが、唇の中央に人差し指を立てる。

あまり他人に明かしたくない、秘密のコネクションでもあるのだろうか。

不思議に思っていると、彼が私の耳元に顔を近づけた。彼のシャツから同じ洗剤の匂いが立ちのぼり、どきりとする。いくら男性とはいっても、そろそろ真城さんには耐性がついてもいい頃なのに……。

「……ネットで死ぬほど調べた」

吐息交じりの低い声が艶っぽく、なんとなくカッコいいセリフを囁かれたように錯覚したけれど——ネット？

きょとんとして目を瞬かせると、真城さんがスマホの検索履歴を見せてくれる。

【東京　アメリカワイン　レストラン】

【浜松町　アメリカワイン　ペアリング】

【アメリカワイン　お洒落　レストラン　個室】

……等々、真城さんの努力の結晶がずらっと並んでいた。

先輩にこんなこと思うなんて失礼かもしれないけれど、他のみんながイメージしているであろうスマートな彼とは真逆の懸命さが、なんだかとてもかわいく見えてふっと笑ってしまった。

「すごく調べてくださったんですね。お疲れ様です」

「ありがとう。しかしこういうの、安請け合いするもんじゃないな。いくらネットの評判がよくても実際どうか心配だったから、何軒かには実際に足を運んで料理を食べたりもしたから、結構疲れたよ」

それはなんとも優しすぎるというか、律儀すぎるというか……。

でも、営業部のみんなを喜ばせたくてあちこち駆けまわる真城さんを想像すると、胸がほっこりした。

「真城さんって、本当にいい人ですよね」

「神崎さん、それ禁句」

「えっ？」

「言っただろ、これまでいい人止まりで本気にされてこなかったんだって。……でも、いい加減そんな自分から脱却したいと思ってるんだ。本気で好きな相手を手に入れるためなら、悪い男になることも辞さないよ」

そう言って、くいっと赤ワインのグラスを傾ける真城さん。さっきまでは確かに〝いい人〟の顔をしていたのに、伏し目がちな横顔や骨ばった喉仏が上下する様に、急に大人の男性の色香を感じて思わず目を逸らす。

急にそういうギャップ出さないでほしい……。

動揺をごまかすためにワインに逃げていたら、ふいに女性ものの香水の匂いが鼻をかすめた。

「真城さぁん、そろそろこっちにも来てくださいよ〜。みんな真城さんの話を聞きたがってるんです」

「え？　あぁ……」

離れた席にいた女性社員のひとりが、痺れを切らしたように彼を呼びに来た。

曖昧な返事をした真城さんはこちらをちらり一瞥したけれど、私は『行ってらっしゃい』と伝えるように手を振った。

いい人モードを解除した真城さんの隣にいるのはどうも心臓に悪いと思っていたところだったのだ。

ひとりになってホッとした直後、誰かが真城さんの座っていた椅子を引いた。

まさか、針ヶ谷さんじゃないよね……？

おそるおそる横を向くと、そこには浅井部長の柔和な笑顔があった。

「神崎さん、ちょっとだけ隣いいですか？」

「部長！　もちろんです。ちょっとと言わず、ゆっくりなさってください」

上司の登場で一気に酔いがさめ、なんとなく背筋を伸ばした。

「ありがとう。とりあえず、乾杯しましょうか」

部長が持参したらしい自分のグラスを軽く持ち上げたので、私も慌ててグラスを持ち、軽く合わせる。

「実は、神崎さんに折り入ってお願いがありまして」

「お願い？　なんでしょうか」

これは、部長お得意の〝至極申し訳なさそうに仕事を頼む攻撃〟では……。

前回呼び出された時は海外営業部への異動というグッドニュースだったけれど、今回はそうでない気がしてちょっと身構える。

「今の資料室の状況をご存じですか？」

「資料室？　そういえば……異動してからはまだ一度も使ってません」

今月の初めに異動したばかりで、既存の取引先への対応は大部分が真城さんに頼りきり。この間のプレゼンでも資料はすべて真城さんが揃えてくれたし、今は実務的なことより海外営業におけるマーケティング戦略について真城さんに指導を受けている最中なので、自分で資料室へ出向く必要はとくになかった。

「国産商品のカタログや、これまでに作成した商品情報の一覧などが並んでいる一角があるでしょう？　実は今、そこがめちゃくちゃになっていまして……」

「め、めちゃくちゃですか？　でも、私以外にあそこを使う人はあまりいなかったんじゃ……？」

「はい。みんな基本的にはＰＣ内のデータを使用していました。しかし、針ヶ谷くんがつい最近データを丸ごと削除してしまいまして……」

「ええっ⁉」

部長が困り果てたように眉を下げて苦笑する。

あまりの事態に絶句していると、部長は針ヶ谷さんがこちらに注意を払っていないのを確認してから言葉を継いだ。

「もちろん、専門業者にデータ復旧を依頼しています。しかし年度が替わったばかりの今、どこの企業でも色々と似たトラブルがあるらしく、実際に復旧作業に取り掛かれるまで二週間程度かかるそうです。間にゴールデンウィークを挟むので、もしかしたら対応が連休明けになるかもしれません」

「連休明け……それは困りましたね」

「ええ。ですからそれまでの間は資料室のデータを使用することになるのですが、神崎さん以外の社員は普段から使っていなかったので、取り出した後元に戻す場所が間違っていたり、そもそも適当に戻していたりして、情報があるべき場所にないんです。それを正せる社員が、残念ながら国内営業部には誰もいないようで」

……なるほど。浅井部長が私になにを頼みたいのか、なんとなく察した。

肉体的には骨が折れるかもしれないが、そう難しい仕事ではない。

「わかりました。資料をあるべき場所に戻せばいいんですよね」

「神崎さん、ありがとうございます……！　ちなみに、万が一同じことが起きた時のために、置き場所を示した図もあると助かるのですが」

ここまできて断るわけにもいかない。正直自分の仕事で手一杯ではあるけれど、前にいた部署のピンチを見捨てるのも良心が咎める。

残業するか、朝早くに来てさっさとやってしまおう。

「確かにそうですね。今まで、私しか使わないから、自分だけ資料の場所を覚えていればいいと思っていた私も悪かったんです。時間を見つけて作ってみます」

「恩に着ます……！　しかし、神崎さんを失った国内営業部の痛手は思った以上ですよ。針ヶ谷くんをリーダーにするわけにもいきませんしね……」

最後の台詞は独り言だったのか、聞こえるか聞こえないかくらいの声だった。

浅井部長も上司として、彼の扱いに苦労しているのだろう。

「おっと、そろそろデザートが来たようですね。それでは、僕は自分の席へ帰ります。資料室の件、お手数かけて申し訳ありません」

「いえ。できるだけ早く取りかかれるようにしますね」

部長を見送ると、入れ替わりで真城さんが戻って来た。

彼もデザートを食べにきたのかな。

「真城さん、おかえりなさい」

「……ああ。今、部長となんの話を？」

「えっ？　仕事の話ですけど」

「仕事って？」

「それは……」

針ヶ谷さんが大切なデータを削除したせいで国内営業部がてんてこ舞いらしいです。

真城さんになら正直にそう話してもいいと思ったけれど、デザートとコーヒーがテーブルに揃った今、個室内にはなんとなく静かな時間が流れているので、針ヶ谷さん本人の耳に届いてしまう可能性もあり、本当のことは言い出しづらかった。

「個人的に特命を仰せつかりまして」

「……ふうん」

真城さんはつまらなそうに言って、小さなケーキにフォークを入れる。

資料室の整理も図の作成も大した仕事ではないのに、特命なんて言ってしまったのがまずかったのかもしれない。自分の方が有能なのに、なんで異動したばかりの新人に仕事を任せるんだって。

「嘘です。雑用ですよ」

「雑用？　なんでそんなこと神崎さんに？」

真城さんの眉間の皺が深まる。

もしや、逆効果……？　でも、仕事内容的には限りなく雑用に近い。

「わ、私にしかできない雑用なんです。とはいえ本来の業務での仕事に手を抜くことは一切ありませんのでご安心ください」

「いや、そういうことを言ってるんじゃなくて、どうして相棒の俺に相談なく――いや、なにをムキになってるんだろうな、ごめん」

テーブルに肘をつき、額に手を当てる真城さん。

相談……した方がよかったのかな。でも、私のいた国内営業部のゴタゴタに彼は関係ないし、針ヶ谷さんのいる場で打ち明けるわけにもいかないし……。

「本当に、真城さんが気にするようなことじゃないですから」

「……ああ」

うまく説明できなかったけれど、真城さんもようやく納得したように頷いてくれる。

デザートに添えられたコーヒーを飲んで小さく息をついた彼は、ふいにこちらを向いてジッと私を見つめてきた。

「なんでしょう……？」

「いや、……手ごわい相手だなと思って」

手ごわい？　私が？

やっぱり部長から特命を受けたなんて言ったせいで、なにか誤解させてしまったのかもしれない。

「なにを言うんですか。私が真城さんより上を行くことなんて絶対ありませんよ」

「いや、もうすでに、俺の負けが確定してる」

私を見つめたまま、自嘲するように笑った真城さん。時に愚痴っぽいこともある彼だけれど、ここまで弱気なのはさすがにらしくない。

「どうしたんですか？　もしかして、酔うとネガティブになるタイプですか？」

「……とりあえず、今はそういうことにしといて」

すっかりアンニュイな空気を纏ってしまった彼は、それ以降とくに口を開くことなく、静かにデザートとコーヒーを堪能していた。


レストランを出ると、真城さんが予告していた通りに彼と一緒に帰ることになった。

二次会へ向かうメンバーと別れ、駅へと向かう。

先ほどのネガティブ発言以降なんとなく気まずい空気が続いていて、ふたりとも無言で繁華街の夜道を歩き、電車に乗った後も近くにいるだけでとくに会話はなかった。

真城さんがようやく口を開いたのは、マンションに到着し、私の部屋がある階で別れる時だった。エレベーターから降りて「おやすみなさい」と頭を下げたら、なぜか彼もエレベーターから出てきた。

戸惑って顔を上げたら、彼の真剣な眼差しとぶつかった。

「神崎さん」

「は、はい」

なんとなくシリアスな空気を感じて、かすかに緊張が走る。真城さんは一瞬目を伏せてなにか考えるそぶりをした後、再び私をまっすぐに見つめた。

「今度、個人的に食事に誘ってもいい？」

なにを言われたのかわからず、一瞬フリーズする。彼を見つめたままただゆっくり瞬きをしていたら、真城さんの手がそっと、私の片手を取って握った。

「迷惑だったら言って。でも、きみとふたりで会いたいんだ」

ストレートなセリフに、ようやく脳が状況を理解する。

頬がみるみる熱を持ち、心臓が激しく脈打った。

真城さんは嘘や冗談で言っている雰囲気ではない。ちゃんと返事をしないとと思うものの、頭の中が軽くパニックで、正解がまったくわからない。

「ど、同僚として……ですよね。もちろん大丈夫です！　では、詳しいことはまた。お疲れ様でした！」

彼が口を挟めないよう一気にまくし立てると、真城さんの目を見ないようにして、逃げるように自分の部屋まで駆け出す。

「神崎さん……！」

私を引き留める彼の声も耳に届いてはいたけれど、応えられる余裕がなかった。

焦って玄関の鍵を開けるのに手間取ったけれど、ようやく自分の家に入ると気が抜けて、ドアに背を預けたままずるずるとその場に座り込む。

無意識に手を置いた胸は、まだバクバクと脈打って暴れていた。

「絶対もっと別の言い方あった……よね」

さっきの反応じゃ、まるで彼を拒絶したみたいだ。

嫌われたかもしれないと思うと、後悔が重く胸にのしかかる。

こんな気持ちになるなんて、私……もしかして真城さんを？

立ち上がってよろよろとリビングに進み、いつもと同じ愛らしさでちょこんとソファに座っているボブをギュッと抱きしめる。

「ねえボブ、どう思う……？」

あたり前だけど、ぬいぐるみのクマはなにも答えない。

「……薄情者」

完全に八つ当たりだと思いつつもそう口にした時、傍らに置いたバッグの中でスマホが鳴っていることに気づく。

まさか真城さん？と思うと取り出すのもためらってしまうが、さすがに無視はできなくておそるおそる画面を確認した。

表示されているのは仲良しの義妹の名だった。そうだ、彼女にならこの悶々とした気持ちも相談できるかも。

「もしもし、千笑ちゃん？」

『お義姉さん、もう会社から帰ってます？』

「うん。家だから大丈夫」

『……なんか声に元気なくないですか？　実は今、バッグに着けられるミニボブが完成したので、渡すついでに今度ランチしましょ〜ってお誘いだったんですけど、そういう気分じゃなさそう』

声を聞かれただけでさっそくメンタルの不調がバレてしまうなんて、情けないなと思う。でも、彼女相手なら無理に強がる必要もないので、ちょうどいい機会だと思って、先ほどの真城さんとの件をさっそく打ち明けることにした。

『え〜っ。お義姉さん！　それもう、完全に恋愛フラグ立ってますって！　同僚としてなら、なんて言い方、明らかに選択ミスです！』

まるで乙女ゲームの攻略方法を伝授するかの如く、千笑ちゃんが私の対応にダメ出しする。

「千笑ちゃん……」

「間違えちゃったのは私もわかってるよー……。でも、自分の気持ちもまだ曖昧だし、今の関係を壊すのも怖いの。だって会社ではペアを組んで仕事をしてるんだよ？」

『そんなの、その真城さんって先輩の中ではとっくに壊れてますよ！　その上で、お義姉さんと別の関係を築きたいから誘ってきたんです。男の人だって悩んだり迷ったりして、勇気を出して誘ってるんですから、お義姉さんも素直になった方がいいです！　絶対に！』

そっか……そうだよね。あの時の彼の瞳は、真剣で、切実だった。

『迷惑だったら言って。でも、きみとふたりで会いたいんだ』

やばい、思い出すと恥ずかしさまで再燃する……！

たまらずギュッと目を閉じて、ボブに抱きつく。暴れる鼓動もなかなかおさまらないけれど、千笑ちゃんに話したおかげで、少しだけ気持ちが整理できた気がする。

完璧に見える真城さんも、悩んだり迷ったりしている。それは、相棒の私が一番知っていることだ。いつでも一生懸命に誰かのことを考えて行動できる彼が、これまでの私たちの関係を壊す覚悟で、気持ちを伝えてくれた。やっぱりその誠意にちゃんと応えるべきだよね。

「……わかった。考えてみる。すぐに行動に移すのは、難しいかもしれないけど」

『お義姉さん、ファイトです！　ちなみに、その先輩はボブのこと受け入れてくれそうなんですか？』

「どうだろう……でも、この子のことまで晒す勇気はまだないかも」

ボブの頭にポンと手を置いて、そう答える。

もしも真城さんと今より親しい関係になるなら、いつかは話さなくちゃいけないけれど……今はまだ、彼に引かれたらと思うと怖い。

『そっか～。ま、どうせ部屋でいちゃいちゃする関係になったらバレますし、その時あっさり暴露しちゃえばいいかもですね！』

「そ、それはさすがに気が早いよ千笑ちゃん……っ」

真城さんとそういうことになるシーンが頭に浮かびそうになり、慌ててその妄想をかき消す。

そもそも私は〝いちゃいちゃ〟すること自体が苦手なのだ。

デリケートな話題だから千笑ちゃんにも話したことがなかったけれど……真城さんとこの先どうにかなるつもりなら、そっちのこともいずれ考えなくちゃ。

不安は山積みだけれど、話好きな千笑ちゃんとしばらく長電話をしていたら、少し心が軽くなった。

強がりのきみ――side 昂矢

最近マンション の中でも、会社と家との往復の間でも、神崎さんと会わない。

彼女はどうやら出勤も退勤も、わざと俺と時間をずらしているようだ。

……たぶん、会社の外では俺と会いたくないから。

脳裏に思い浮かぶのは、一週間前、飲み会からふたりで帰宅した場面だ。

マンションに帰ってきて別れる時、俺は神崎さんに『ふたりで会いたい』と告白未遂のようなことをしてしまった。

頬を真っ赤に染めた彼女を見て少しは脈があるかと期待したものの、神崎さんから返って来たのは『同僚としてなら』という、大人の対応。

つまり、告白未遂の時点でフラれたというわけだ。

「困らせたよな……」

今日も彼女の気配がしない出勤ルートを辿り、なんとなく浮かない気分のまま到着した会社の廊下で、思わずひとりごちる。

あれがなければ、仕事上の相棒としての関係は良好だったはず。今でも会社では彼女とのコミュニケーションに問題はないが、以前より明らかに一線を引かれているのを感じる。

神崎さんのことはニューヨークに発つ前から知っていた。

ハッキリとした顔立ちの美人で、仕事はできるがあまり他の社員と群れたりしない、高嶺の花のイメージ。それほど多くの会話を交わしたことはなかったが、耳に入ってくる彼女の営業成績や仕事への向き合い方には一目置いていた。

しかし、当時すでにニューヨークへの駐在が決まっていた俺は恋愛方面に心を向けている余裕はなかったので、彼女に深く惹かれるようになったのは、帰国してからだ。

引っ越し初日に目にした凛としたランニングウエア姿はこれまでのイメージと同じ高嶺の花だったが、同僚として接する時間が長くなるにつれ、素顔の彼女が時折見えるようになった。人並みに悩んだり落ち込んだり、弱音を吐いたりしながらも、心の中にはぶれない芯があって、強くあろうと頑張っている。

海外営業部に異動してきたばかりの彼女が、横浜の夜景を眺めて涙を見せたあの時、そのひたむきな姿が俺の心を大きく揺さぶった。

彼女の存在は胸の中で日に日に存在感を増し、今ではどうやったら彼女の支えになれるんだろうと、それればかり考えている。

「真城さん、おはようございます」

オフィスに入る手前で、後ろから想い人の声がした。いくら俺たちの状況が気まずいものでも、こうした挨拶はきっちりとこなせるのが彼女らしい。

俺もつとめて平静を装い、彼女の方へ振り向くと微笑みを返した。

「ああ、おはよう。……神崎さん、顔色があまりよくないけど大丈夫？」

歩み寄ってきた彼女をまじまじと見つめ、尋ねる。

頬がかすかに青白く、大きな瞳の下にはメイクでも隠しきれていないクマが見えた。

「えっ？　全然平気ですけど……そんなにひどい顔してます？」

明るく笑って話す彼女の仕草は、確かにいつも通り。

俺の考えすぎか？

「いや、そういう意味じゃないんだ。逆に不安にさせたならごめん。でも、疲れがたまってるなら無理するなよ。最近、会社にいる時間が長いようだし」

「いえいえ、それはただの私の実力不足ですので、お構いなく」

「実力不足って。なぁ、もしかして俺のせいじゃ――」

俺が告白まがいのことをしたせいで、気が休まらないのではないか。

自意識過剰だと思われるのが嫌で言い出せなかったが、もしもそうなら謝りたくて口を開く。

「そうだ、真城さんに見ていただきたいものがあったんです。午後のオンラインミーティングで使う、英語の進行表。基本的には大丈夫だと思うんですけど、大切な商品名などにミスがないか、チェックしていただけたらって」

しかし、プライベートには触れるなと言わんばかりに話を遮られた。消化不良の感情を抱えつつも、小さく息を吐いて気持ちを落ち着ける。

……今のは俺が悪かった。仕事の仕方は彼女の自由だし、俺に会いたくないから会社に長い間とどまっているのでは、というのも、俺が勝手にそう思っているだけ。ただの妄想で神崎さんの時間を奪ったら、それこそ本末転倒だ。

「わかった。すぐ見るから送って」

「はい、お願いします」

てきぱきした動作で自分のデスクに向かう彼女の後ろ姿に普段と変わったところはないが、それでもやっぱり心配なんだよな、と思う。

同じマンションに住むようになって二カ月、相棒歴はまだ一カ月弱だが、神崎さんの人となりはだいたいわかっているつもりだ。

その上で、彼女の〝大丈夫〟を過信してはいけないような気がする。

神崎さんはあまり俺に構ってほしくないだろうけど、今日はいつもより彼女の様子を気にかけていよう……。

彼女と隣同士のデスクの椅子を引くと、俺はさっそく送られてきたデータに目を通した。

神崎さんの進行表はよくできており、午後のオンライン会議三件が無事に終わった。

彼女の英会話は異動当初よりめきめき上達していて、打ち合わせのための下調べも入念。国内営業部で培ってきた商品知識も役立て、どんな方向からの質問でも完璧に答えていた。俺の出番がほとんどないくらいに。

それぞれの取引先の反応も上々で、素晴らしい仕事ぶりであるのは確かなのだが……隙がなさすぎて、逆に心配になる。俺の足を引っ張らないようにと思うあまり、必要以上に気を張っているのではないかと。

「本日の打ち合わせはこれで終了いたします。のちほど、関係資料をメールさせていただきます。貴重なお時間をいただきありがとうございました」

俺たちがいつも仕事をしているだだっ広いオフィスとは別の、小さな会議室。

そこで、最後のミーティングの相手であった、デンマーク在住のワインの生産者、ニルセンさんに向けて、神崎さんが英語で締めくくりの言葉を述べた。

彼女が異動してきてから早々に立ち上げた、デンマーク産ワインの新しいプロジェクトが動き出しているのだ。

こちらは現在午後五時だが、デンマークは午前十時。時差を考慮してミーティングのスケジュールを組むことにも、彼女はだいぶ慣れてきた。

ニルセンさんも丁重にお礼を言って、オンライン会議から退出する。こちらもマイクとカメラをオフにして終了の処理を済ませると、神崎さんも少しだけ肩の力が抜けたように見えた。

「お疲れ様。ニルセンさん、これなら安心して自分のワインを俺たちに預けられそうだと喜んでいたな。きみが、和食とデンマークワインのペアリングについて詳しく調べてくれたおかげだ」

神崎さんはパソコンや周辺器具を片付けつつ、控えめに微笑む。

「いえ、私はなにも……。たまたま前の部署で最後に担当した仕事が和食レストランに国産ワインをプレゼンする仕事だったので、今回も似た手法でアプローチしてみただけです」

「それは謙遜だよ。経験を生かすって意外と簡単じゃないんだ。似た手法と言ったって商品は全然違うし、相手が日本人と外国人では、話の進め方や声の抑揚だって変えるだろう？　それが自然とできてたから感心した」

「また営業——」

「トークじゃないよ。ほら、営業部で日報をまとめて早く帰ろう」

疑い深い神崎さんの視線をかわし、荷物を片付けて椅子などを軽く整頓する。

照明を消して会議室を出ると、神崎さんがふと俺を見上げた。

「真城さん、先に戻っていてください。ちょっと寄りたいところがあって」

「了解」

彼女と別れてオフィスに戻り、今日の業務日報と、その他にも部長に通しておきたい書類を仕上げる。

ひと通り事務作業が終わってふと顔を上げた時、神崎さんがまだ戻っていないことに気づく。時計を確認すると、会議が終了してからすでに三十分が経過していた。

いったいどこに行っているのだろう。彼女の口ぶりから、あまり時間のかかる用件ではないと想像していたのだが。

三十分くらいで探しに出るなんて過保護な気もしたが、第六感とでもいうのか妙に嫌な予感がして、とりあえず営業部を出ようとした時だった。

ちょうど入れ替わりのようにオフィスに入って来た針ヶ谷とすれ違ったので、なんの気なしに尋ねる。

「針ヶ谷。神崎さん見なかったか？」

「神崎？　さあ……今日も必死で資料室の整理やってるんじゃないのか？」

「資料室？」

それに、〝今日も必死で〟というのはどういう意味だ？

詳しく聞きたかったのに針ヶ谷はさっさと俺のもとを離れ、歩きながらポケットから出したスマホのゲーム画面に夢中になる。

間もなく定時とはいえ、ゲームくらい会社を出るまで我慢できないのか？

呆れつつも、今は針ヶ谷のことなどどうでもいい。

どうして神崎さんがこのタイミングで資料室の整理などするのかわからないが、他に心当たりもないので俺は同じ階の資料室へと向かった。

扉を開けると、部屋の明かりがついていた。

針ヶ谷の言った通りなら、神崎さんはここに……？

棚と棚の間をキョロキョロしつつ、資料室の一番奥に足を踏み入れた、その時。

「――神崎さん！」

床に座り込み、壁に身を預けて俯く彼女がそこにいた。

目の前にしゃがみ込むと、神崎さんは虚ろな瞳に俺を映した。

「真城さん……？」

「どうしたんだよ。貧血？　それとも、他にどこか具合の悪いところでも……」

「いえ……。ちょっと目眩《めまい》がしただけです。大丈夫ですから」

俺は思わずため息をついた。真っ青な顔をして呼吸も苦しそうなのに、なにが大丈夫なのだろう。

こんな状態になって気丈に振舞う彼女もそうだが、どことなく疲れていそうだと気づいていながら結局なにもできなかった自分の不甲斐なさに、一番腹が立った。

「大丈夫なわけないだろ。医務室に行こう」

「でも、まだ仕事が――」

「そんな体でなに言ってるんだ。ああもう、後でセクハラで訴えたかったらそうしてくれていいから、大人しくしてて」

「え、真城さ……あのっ」

座り込む彼女の体を支えるように下から腕を差し入れ、持ち上げて横抱きにする。

神崎さんの体重は想像より遥かに軽くて、ちゃんと食べているのか心配になる。

「最近、食事をおろそかにしてたんじゃないのか？」

「……はい」

「睡眠は？」

「寝られる時で三時間くらい……」

「それじゃ、会社で持つわけないだろ」

呆れた声を漏らしたら、腕の中の彼女がしゅんと目を伏せた。

……ちょっと、言いすぎただろうか。彼女を心配するあまり、どうしてか最近説教臭い男になってしまう。本当はもっと直接的に彼女を甘やかしたり寄りかかられる存在になりたいのに、それが叶わないせいもあるのかもしれない。

片想いをこじらせている面倒な男。自分でもそう思うが、脈があろうとなかろうと神崎さんをあきらめる気がまったくないのだから仕方がない。

「迷惑かけてすみません……」

俺が生活習慣を責めるようなことを言ったからか、腕の中で小さく身を縮めて申し訳なさそうにする神崎さん。

そういう顔をさせたいわけじゃないのに、彼女のこととなると俺はどうも不器用だ。

「気にしなくていい。というか、もっと遠慮なく迷惑をかけてほしいくらいだ。きみの前で頼りない自分に気づくのは、結構つらいものがある」

好きな相手になにもしてやれないなんて、これ以上のもどかしさはない。しかも、これまで俺は幾度となく『きみの力になりたい』と伝えているのに。

「真城さんは頼りなくなんてありません……」

「だったら、俺にもそう思わせてほしい。口を開けば〝大丈夫〟ばかりのきみが、弱音を吐き出したり、素直に助けを求められる相手でありたいんだよ」

つい、勢いに任せた発言が口からこぼれる。神崎さんは口をつぐんで気まずそうにしていて、またひとりで暴走したか？と、軽く自問自答する。

「なんにしても、早く元気な顔を見せてくれ。相棒の不調は、単純に心配だ」

「真城さん……」

神崎さんはそれきりなにも言わなかったけれど、静かに目を閉じて俺の腕に身を預ける。これが精一杯の甘えだとしたら、少しは俺に気を許してくれたのだろうか。

そう思うと心のやわらかな部分がきゅっと痛みを覚え、彼女への愛しさが募った。

会社の医務室は診療所登録もされており、軽い症状であれば産業医にその場で処置をしてもらえる。とはいえすでに診療時間外だったが、産業医がまだ帰る前だったので神崎さんを診せることができた。

ひと通りの問診、顔色や脈拍などのチェックをしてもらった結果、疲労と寝不足から目眩が起きたのだろうとのこと。

しばらくベッドで休ませてもらう許可を得て、俺はその間に彼女の荷物を営業部から持ってくる役目を仰せつかる。また、帰宅するためのタクシーも手配した。

彼女のバッグを持って医務室に戻ると、神崎さんはすでにベッドから体を起こして俺を待っていた。

「もう少し横になっていてよかったのに」

「いえ、もうだいぶよくなりましたし……真城さんのおかげで、気持ちも楽になったというか、精神的に救われたので」

神崎さんが潰れてしまったのは、単なる働きすぎというわけではないらしい。

彼女は先ほどより幾分すっきりした顔をしているが、問題の根本は解決していないのではないのだろうか。そもそも、彼女がなぜ資料室にいたのかも謎だ。

「帰りながら話を聞かせてほしい。きみの負担にならない範囲でいいから」

「わかりました」

お世話になった産業医と看護師にお礼を言って、医務室を出る。

彼女のバッグは俺が持ち、それでもまだ心配で、廊下の途中で「背中におぶろうか？」と申し出る。神崎さんはふっとやわらかく微笑んだ。

「お願いしますって言ったら、本当にしてくれそうですよね」

「なにをあたり前のこと言ってるんだよ。遠慮ならいらないから、ほら」

ふたり分のバッグを右手と左手それぞれの手首に通し、彼女に背中を向けてその場にしゃがみ込む。しかし、一向に神崎さんが身を預けてくる気配がない。

怪訝に思って後ろを振り向くと、少し後ろで立ち尽くす彼女は、驚いたことに目に涙を浮かべていた。

俺は途端に慌て、彼女のもとへ駆け寄る。

どうやら、取るべき行動をまた間違えたらしい。

「嫌……だよな。そういえばさっき医務室に運ぶ時も、きみの意思を確認せず勝手に抱き上げたりして悪かった」

セクハラで訴えてもいいと言ったが、そう前置きしたからといって許可なく女性の体に触れていいことにはならない。しかも、神崎さんは俺の好意を知っていて、きっぱり断っている。嫌悪だけでなく、恐怖すら感じても無理はない……。

「いえ、違うんです……」

後悔と反省とで自分を殴りつけたくなっていると、神崎さんがか細い声で言った。

華奢な指先で目元を拭い、洟を啜って俺を見る。泣き笑いのような、複雑な表情。

「真城さんが優しいから……なんか、意味もなく泣けちゃっただけなんです。嫌だったってことはありません。助けていただいて、感謝してます」

「それならいいけど……いや、きみが泣いているのにいいってこともないよな」

彼女の涙に動揺し、自分でもなにを言っているのかわからなくなる。

思わず前髪にくしゃっと手を入れると、神崎さんが潤んだ瞳のまま俺を見上げて微笑んだ。今度は、無理のない自然な笑顔だ。

「今度、お礼をさせてください。体の調子が戻ったらになっちゃいますけど」

「お礼？　いや、そんなの必要ないよ。きみが元気になってくれればそれで」

「気を遣ったわけじゃないんです。でもその、前に誘っていただいたので……ふたりで食事するのは、どうかなと思いまして……」

チラッと俺を見た後、恥ずかしそうに俯く神崎さん。

もしかして……あの告白未遂の時とは、心境が変わったということか？

勝手に期待した胸が、騒がしく脈打ち始める。

彼女が心を開き始めてくれているのだとしたら、遠慮する理由はない。

「それは、同僚として？」

俺たち以外誰もいない廊下には、やけに声が大きく響いた。

平静を装っているが、緊張で呼吸は浅くなり、最高潮に高まった鼓動が全身を震わせる。一拍ごとに、彼女への想いを叫ぶように。

神崎さんは長い睫毛を伏せしばらく悩んだ様子を見せたが、やがてその大きな瞳に俺の姿をしっかりと映した。

「……いえ。単純に、私が真城さんと会社の外で会いたいと思いました」

ぶわっと、全身の体温が上がった。

神崎さんの口調は事務的にも聞こえるくらい淡々としていたが、その中身は、俺たちの関係を大きく前進させるものだ。

あまりの感動で、油断したら彼女を衝動的に抱きしめてしまいそうだった。

もちろんぐっとこらえるが、溢れる感情の行き場がなくて、しみじみと喜びに浸るように息をつく。

「ありがとう。……参ったな、想像以上にうれしい。それじゃ、神崎さんが元気になったら行こう。約束だ」

そう言って彼女を見つめる眼差しが、自分でも甘く蕩けているのがわかる。

こんなに誰かを好きになる経験は初めてだ。……彼女が愛しくてたまらない。

神崎さんは居たたまれなくなったように俺から目を逸らし、スタスタと少し先へ歩くと、俺を振り返らないまま言った。

「こ、こちらこそ。……あの、頼んでくださったタクシーを待たせても悪いので、急ぎましょうか」

頭の後ろで髪をひとつに結んでいるので、後ろから見ても耳が赤く染まっているのが見えた。

……照れてる。かわいい。

なんて口にしたらますます照れそうだし、万が一怒らせてせっかくの約束をなかったことにされても困る。

俺は心の声が表に出ないよう注意しながら、それでも口元を緩めていた。

「……資料室の整理が部長からの特命？　しかも、針ヶ谷がデータを消した？」

「はい。来週には業者が来てデータも復旧が叶うようですが、部長に言われていた通りかなり荒れていた一角があるので、資料を元に戻して、置き場所の見取り図も作って……今日にはその作業が完了する予定でした」

彼女があの場所で倒れていた理由を、タクシーの車内で聞いた。

少し前の飲み会で『雑用』と言っていたのは嘘ではなかったらしい。

あの夜、俺が席を外した直後に部長が彼女の隣をキープしてなにやら話し込んでいたが、ふたりの様子が深刻そうに見えて気になっていたのだ。

まさかそんな事態になっていたとは思わなかったが、彼女があの場で俺に詳しい内容を言えなかったことには納得する。

「じゃあ、その作業中に気分が悪くなったのか」

「はい。本当はすぐに終わるはずだったのに、誰かがまた雑に資料を戻したらしくて、時間がかかってしまって」

その〝誰か〟の尻拭いを神崎さんがしたってことか？　いくらなんでも、お人好しが過ぎるだろう。それに、営業部ですれ違った針ヶ谷の様子から察するに、犯人はアイツである可能性が高いように思える。

意図的なのか、ただ仕事ができないだけなのか……。どちらにしろ、針ヶ谷とも一度じっくり話す必要がありそうだ。

「そんなもの、使った本人に片付けさせるべきだ。きみは見取り図だけ作って、あとは国内営業部のメンバーに任せればよかったんだ。いくら部長の命だからって、なんでも引き受けたら自分の仕事にだって響く。部長はきみの責任感の強さを見込んで頼んだんだろうけど……海外営業部の忙しさを知っている上司のやることじゃないよ。折を見て、俺が抗議しておく」

「すみません、私、また迷惑を……」

似たようなセリフを、さっきも聞いた気がする。

神崎さんはどこまでも人に頼ることが苦手らしい。俺は自分の意思で部長に抗議しようと思っただけなのに、意気消沈してうなだれてしまった。

こんなに必死になって動くのは、きみのためだから。神崎さんだから放っておけないのだと言いたいが、弱っている彼女を動揺させるのは避けたくて、今はぐっとこらえる。

「仲間を守るのはあたり前だ。だから、もし逆の立場になったら今度は神崎さんが俺を助けてくれればいい。そうすれば、お互い様だろ」

いくら『甘えて』と言っても、彼女の性格で素直にそうするのはきっと難しい。だったら、持ちつ持たれつ、俺たちの関係は対等だと伝えた方が、彼女の心には響くのではないだろうか。

俺の方が年上だとか、先輩だとか、そういうことは関係なく、困った時は支え合う関係。本音を言えば無条件に彼女を甘やかしたいけれど、彼女には誠実な気持ちで向き合いたい。

「わかりました。私でお役に立てるかどうか自信はありませんし、真城さんが逆の立場になる状況はあまり想像できませんが……助けが必要な時は遠慮なく言ってください。お力になれるよう努力します」

やっと顔を上げてくれた彼女が、そう言って力強い眼差しを返してくれる。

「期待してるよ。でも、まずは体調をちゃんと整えてからな」

「はい、もう大丈夫です。昨日まで、眠れないからって真夜中にランニングしたりしてたのも、きっといけなかったので……」

「えっ。真夜中にランニング？」

思わず聞き返してしまった。

彼女が時々趣味で近所を走っているのは知っていたが、休日やそれほど忙しくない日だけだろうと思い込んでいたから。

「資料室の整理を頼まれてから、自分でもこれは私がやるべき仕事なのかなって、無意識にモヤモヤしてたんだと思います。だからといって後から断るのも気が引けるし、無理をしてでも私がやればすぐに終わる。そうやって納得したつもりだったんですけど……やっぱりすっきりしなくて、つい走りたくなってしまって」

神崎さんとしてはストレス解消のつもりだったのだろう。しかし、疲れた体に鞭を打って走っていたから、体には疲労が蓄積してしまった。そのツケが、今になって回ってきたというわけだ。

「じゃ、先輩の俺からも大事なお願い」

「お願い……？」

「完全に体力が回復するまではもちろん、元気になってからも遅い時間帯はランニング禁止。モヤモヤした時は俺が愚痴を聞く。それでいい？」

彼女の体が心配なのはもちろん、暗い夜道をひとりで女性がランニングするのはそれ以外のリスクも伴う。神崎さんはとくに危機感を覚えているわけでもなさそうなので、忠告せずにはいられなかった。

「でも……」

「部長の仕事は倒れるまでまっとうしておいて、俺の頼みは聞けない？」

意地悪な言い方をしているのは承知で、神崎さんの顔を覗き込む。

彼女は葛藤するような表情をしていたが、やがて観念したようにため息をついた。

「……わかりました。真城さんの言う通りにします」

「素直でよろしい」

少し悔しそうに口を尖らせる彼女がかわいくて、思わず頭の上にポンと手を置いた。

すると、神崎さんは俺の手から逃れるようにシートの上で体を横にサッとずらし、端に寄って小さく身を縮めた。

そ、そんなに嫌がらなくても……。

行き場をなくした手を見つめ、軽くショックを受ける。

しかし、食事の約束にうんと言ってくれたからといって、急に距離を縮めようとした俺が焦りすぎていたのかもしれない。

「ごめん」

「いえ、私こそ……っ」

神崎さんはこわばったような声でそう言っただけで、近くに戻ってきてくれる気配はない。彼女の心が見えるようで見えないもどかしさを抱えながら、それきり静かになってしまったタクシーに揺られた。

曖昧な口づけの理由

体調を崩した後、土日の連休を挟んで月曜日だけ出勤すると、またすぐに大型連休がやってきたのは私にとっては幸運だった。

うちの会社はカレンダー通りの休日なので合間に出勤する日もあったけれど、平日は無理なく仕事をして、休日はあまり家から出ずのんびり過ごし、ランニングも自重した。

しかし、時間があればあるほど余計なことを考えてしまい、体はすっかり回復したものの心の方がどうにも不調だった。

連休最終日となった祝日の火曜、家にあるもので適当に昼食を済ませた後、ボブを抱いてリビングのソファにごろんと横になる。

目を閉じると、まぶたの裏に自然と浮かぶのは真城さんの顔だ。

『仲間を守るのはあたり前だ。だから、もし逆の立場になったら今度は神崎さんが俺を助けてくれればいい。そうすれば、お互い様だろ』

近寄りがたいエリートだと思っていた頃も彼はキラキラしていたけれど、今はまた違った理由で、その姿が眩しく見える。

いつだって荷物を全部ひとりで抱えようとする私を助けてくれて、だけどその優しさは決して押しつけがましいものではなくて。私が間違っていれば本気で怒って、正しい道へと導いてくれる。きっと彼が誰にでも愛されるゆえんなのだろう。

考えるより先に行動できるのも彼のすごいところで、資料室で立てなくなっていた私を躊躇わずに抱き上げ、医務室へと運んだ。さながらヒーローのように。

帰る時には当然のように私のバッグも持ち、それでもまだ心配そうに『背中におぶろうか？』と底抜けの優しさを向けられて、思わず泣けてしまった。

涙の理由を誤解して『きみの意思を確認せず勝手に抱き上げたりして悪かった』と反省する姿もとことんまっすぐな彼らしく、胸に温かい気持ちが湧いた。たぶんあれは、愛しい、に似た気持ちだったと思う。

彼は本当に素敵な男性で、そんな人から好意を向けられていることは素直にうれしい。だから、千笑ちゃんの助言に従い、勇気を出して食事の約束もしたのだ。

ただ……淡い予感が胸の内で膨らんでいくにつれ、同じくらい不安も成長していた。これまで経験してきたいくつかの恋愛と同じ失敗を、また繰り返すのではないかと。

タクシーの中で彼の手が軽く私の頭に触れた時は、まさに私の悪いところが出た。

真城さんの大きな手の感触にドキッとして、体温が一気に上がって、あのまま撫でられ続けていたら心臓が破裂しそうで、思わず距離を取った。嫌がっていると誤解されても仕方のない反応だったと思う。

彼はなにも悪くないのに『ごめん』と謝らせてしまった。あの時の真城さんの傷ついたような瞳が忘れられない。

甘え下手なだけでなく、恋人とのスキンシップにいつまでも慣れなくて、咄嗟に相手から離れたり、その場でフリーズしてしまう。それが、長年治らない私の悪い癖。そんな状態ではキスやセックスだってうまくいくはずがなく、こわばりの解けない私の体を前にすると、男性はみんな萎えてしまう。

いくら真城さんが優しい人でも、いざ付き合うとなったら幻滅するに違いない。だったらこれ以上は踏み込んだ関係にならない方がいいとわかっているのに……こうして彼のことばかり考えているのだから、救いようがない。

はぁ、と大きくため息をついて、まぶたを閉じる。明日からまた仕事だから、これくらい怠惰に過ごしても許されるよね……。

いつの間にか寝入ってしまったらしく、目を覚ました時には夕方の四時を過ぎていた。電気をつけていなかったとはいえ、まだ日が落ちる時間ではないのにやけに部屋が暗い。

窓辺に歩み寄ってカーテンを開けると、真っ黒な雲が空を覆っていた。

「完全に雨降りそう……」

そう気づいてからハッとする。午後は食材の買い出しに行こうと思っていたのに、うっかり忘れていた。昼に冷蔵庫を整理してしまったので、今日の夕食以降に食べるものがなにもない。平日は忙しいので休日にまとめ買いしておくのが習慣なのだ。

「急いで出れば平気かな……」

スマホの雨雲レーダーによると、雨が降り出すのは一時間後くらい。その後はしばらく止まない予報なので、さっさと行ってしまった方がよさそうだ。

斜め掛けのバッグに折り畳み傘を忍ばせ、マンションの外に出る。急に強くなった風の香りがいかにも雨が降る直前で、自然と早足になった。

十分弱で、商業ビルの一階に入った小さなスーパーに到着する。

私と同じく、雨が降る前に買い物を済ませようという人が多いのか、店内は少々混雑していた。

適当な野菜と、保存しやすい冷凍の肉や魚。朝食用のハムやパン。足りなくなっていた調味料をいくつかかごに入れ、セルフレジの列に並んだ。

自分の番になり、バーコードを読み込む作業を繰り返している途中。店の外でズシンと地鳴りのような音がして、心臓がドクッと脈打った。

隣で同じようにレジの作業をしていた中年の女性が、「あらやだ、雷ね」と独り言のように呟く。

雨だけならまだしも、雷まで……？

またいつあの音がするかと思うとそれだけで動悸が激しくなり、早くレジを済ませたいのに手元が狂ってうまくいかない。

私は雷の音も、予告なく辺りを光らせる稲妻の光も大の苦手なのだ。


子どもの頃、夜になって熱を出した幼い弟たちを母が病院に連れて行くことがあった。母は私も連れて行くか悩んでいたが、父が仕事から間もなく帰れそうだったこともあり、少しの間だけ私をひとりで留守番させることに。

当時の私はたぶん六歳くらいだったと思う。もうすぐ一年生になるから、ひとりで留守番をするくらい大丈夫。そう大見得を切って三人を送り出した。

しかし、自分以外誰もいない家で過ごすのは思った以上に心細く、父が帰ってくるまでの時間が幼い私には永遠のようにも感じられた。

やっぱり病院について行くんだった……。わずか十分ほどで、さっそく後悔し始めていたその時。

寂しさですっかり縮こまった私の心に追い打ちをかけるように、突然大きな雷の音が鳴り響いたのである。おまけに近くで落雷があったらしく、家じゅうの電気がふっと消えてしまった。

恐怖が限界を超え、今まで瞳の中に留めていた涙が、ぶわっと溢れ出す。

『こわいよぉ……おとうさん、おかあさぁん』

真っ暗な部屋の中で、思い切り泣き叫んだ。このまま闇の中にいたら、お化けにでも食べられてしまうような気がした。

電気は数分で復旧し、それとほぼ同時に父が帰宅してわんわん泣く私を抱きしめてくれたのだが、ひとりぼっちの時に落雷と停電に見舞われたショックが消えることはなかった。

だから、その後もずっと私は雷が苦手なまま。

あの時私をひとりにさせなければよかったと両親に後悔させたいわけではないので、家族の前では平気なふりをしているけれど……本当は、いつも雷鳴を耳にした一瞬であの時の幼い私が戻ってきてしまう。

電気が消えたくらいで絶望する必要はないし、闇の中にお化けはいない。

理屈ではわかっているのに、恐怖で体が動かなくなってしまうのだけはどうしても治らない。だから社会人になった現在、その日天気予報で雷が鳴ることが事前にわかっていればノイズキャンセリング付きのイヤホンを持ち歩くし、休日であればそもそも出歩かず、雷が鳴りだしたらイヤホンを耳に嵌め、布団の中でうずくまる。

そのやり方でこの年までなんとかやり過ごしていたのだけれど……今日は慌てていたせいで久々になんの準備もなく外出してしまった。

雷が本格的に近づく前にマンションに帰らないと……。


スーパーを出ると幸い雨はまだ降っていなかったが、頭上には先ほどよりも色の濃くなった黒い雲が垂れこめている。

マンションまでは十分もかからないし、さっき見たレーダーの通りなら濡れずに帰れるはず。

エコバッグの持ち手を肘の辺りまで通し、小走りで帰路を急ぐ。

マンションはすぐに視界に入ってきたけれど、その後ろを漂う雲と雲の隙間がピカッと明滅し、数秒を置いてドォン、と落雷の音がした。

「ひっ……！」

自然と足が止まってしまい、ギュッと目を閉じた。

しばらく音が止んだところで、おそるおそる目を開ける。心臓はまだバクバクしているが、家に帰らないわけにはいかない。

深呼吸をして、一歩踏み出す。鼻の頭にポツンと雨粒が落ちてきたかと思ったら、すぐに本降りの雨になった。

「傘……っ」

慌てて斜め掛けしていたバッグに手を入れると、空がまたゴロゴロ鳴り始める。

私は折り畳み傘を探すのをあきらめ、両手で耳を塞いで駆けだした。

服もエコバッグもずぶ濡れになるが、構っていられない。

とにかく家に帰り、早くイヤホンを耳に嵌めて布団をかぶり、雷の存在を無視したかった。

アスファルトに溜まった水溜まりも気にせずに走り、ようやくマンションの敷地へ入る。しかし、エントランスに入る直前でまた空が光り、先ほどよりも間隔を置かずに落雷の音がした。

間もなく家だからと油断して耳から手を離していたため、お腹の方にまで響く恐ろしい音が、私の足をすくませた。

——こわい。

心に棲みついている六歳の私がそう叫び、思考をショートさせる。

私は扉の脇の壁に体を預け、ずるずるとしゃがみ込んだ。

カタカタと震える体を抱きしめて、ただ時間をやり過ごすことしかできない。

一年のうち雷に遭遇する日は決して少なくないのに、いつまでも進歩のない自分が情けなくて、固く閉じたまぶたのふちにうっすらと涙が滲んだ。

「——神崎さん?」

その時ふいに、私を呼ぶ真城さんの声がした。

恐怖のあまり、とうとう幻聴が聞こえた……?

そう思いながらもゆっくり声のした方を見上げると、エントランスから出てきたのであろう真城さん本人が、目を丸くして私を見下ろしていた。

「真城……さん……」

彼は私の様子が普通でないことにすぐ気づいたらしく、同じ目線に屈み込んで私の顔を覗く。

「もしかして、また目眩？　あまりひどいようなら救急車を呼ぼうか？」

「いえ……違うんです、私、あの……」

説明しようと言葉を探していたところで、また雷鳴が辺りにとどろいた。

その瞬間ビクッと身を竦めて震え出した私に、真城さんがそっと尋ねる。

「もしかして、雷が苦手……？」

ここで頷いたら、子どもみたいだと思われるに違いない。

でも、今は強がる余裕がなかった。私は頼りない目で彼を見つめ、こくんと首を縦に振る。

「わかった。とりあえず、その荷物を俺に貸して。それで、きみは耳を塞いで……ゆっくりでいいから立てる？」

真城さんが一つひとつ動作を指示し、支えるように私の肩に手を添えて、マンションの中に促してくれる。

怖さが消えたわけではないけれど、誰かがそばにいてくれるだけで、手足が思った通りに動く。エレベーターに乗り込んだ頃には私も少し落ち着いていて、ボタンの前に立つ彼の背中にそっと声をかけた。

「真城さん、すみません……。お出かけしようとしていたところですよね。私、この先はもうひとりで部屋に帰れますから、エレベーターが着いたらまたすぐ下に降りてください」

「お出かけってほどのことじゃないよ。可燃ゴミの袋が切れてたのを忘れてて、買いに行こうとしてただけ。本降りになる前にと思って急いで出てきたつもりだったんだけど、間に合わなかったな」

「そうでしたか……。だったら、うちの袋を差し上げますね。先週買ったばかりでまだたくさんありますから」

「ありがとう。なんか、初めてご近所さんっぽい会話した気がするな」

「……ですね」

クスッと笑う彼につられ、私の口元も緩む。真城さんと話していると、あんなに自分を支配していた恐怖が薄らいでいくのがわかった。

「でも、そんなことより着替えるかシャワーが先だろ。俺のゴミ袋問題なんて気にせず、早く体を温めないと」

真城さんが私の濡れた服を見て心配そうな顔をした。言われてみれば全身に服が張り付いていて、自分のみっともない姿が恥ずかしくなる。

「でも、真城さんが困っていたら助ける約束ですし……」

「確かにそうだけど、こういう時は急がなくていいよ。俺ならいつだってそばにいるんだから」

そんな言葉とともに安心させるような笑みを向けられ、トクンと胸が鳴った。

彼は〝会社もマンションも同じだから〟という意味で口にしたにすぎないのに、精神的なことを言われているように聞こえてしまう。昼間、彼のことばかり考えて悶々としていたせいかもしれない。勘違いも甚だしい。

心の中で盛大に羞恥と戦っていると、エレベーターは間もなく私の部屋がある十八階に到着し、ドアが開く。

「それじゃ、袋はまた会った時に――」

そう言って別れようとした直後、辺りに雷鳴がとどろいた。とっさに身を縮ませた私の背に、真城さんがそっと手を添える。

「やっぱり部屋まで送っていくよ。きみが迷惑じゃなければ」

「……お願いします」

優しく頷いてくれた彼に付き添ってもらい部屋の前に到着すると、鍵を開けてドアノブに手を掛ける。

それとほぼ同時に、再びみしみしと建物を軋ませる雷の音が響いてきた。

心臓が大きく跳ねて、ドアノブに触れていた手にはうまく力が入らなくなってしまう。かすかに震えるその手を胸に抱くと、真城さんが気づかわしげに私の顔を覗いた。

「俺が開けても大丈夫？」

「は、はい……」

真城さんはゆっくりドアを開けると、私の背を押して中に促してくれる。

私はホッと息をつくと、ゴミ袋の件を思い出した。

「ちょっと待っててくださいね。せっかく来てくださったので、今、袋を――」

「神崎さん。俺、もう少し一緒にいようか？」

真城さんを玄関に残し、リビングダイニングに向かおうとした瞬間、彼がそう言って私の手首を軽く掴んだ。

「えっ……」

「このままひとりにするのは心配すぎる。手、まだ震えてるし」

手首を掴んでいた彼の手が指先の方へ移動し、包み込むようにギュッと握られた。

じわじわと伝わってくる彼の体温に、心が揺れる。

このまま甘えてもいいのだろうか……。すぐには返事ができなくて黙り込む。

真城さんが気まずそうに首の後ろを撫でながら苦笑した。

「ごめん、さすがにお節介だったかな。生身の人間がいなくても、あの立派なクマがそばにいてくれれば結構安心できそうだし」

そう、立派なクマのボブだけがいつだって私の味方で——えっ？ ちょっと待って。

真城さんがなぜそれを……!?

嫌な予感を抱きつつ、彼が視線を向けている先に首を動かす。

すると、慌てて買い物に出たせいか廊下からリビングに繋がるドアが開けっ放しになっており、正面に見えるソファに、ボブがお行儀よく座っていた。

……絶体絶命。思わず心臓がひゅんっと縮む。

「あ、あのクマはですね、例の義妹が、その、無理やり置いてったというかなんというか……」

またしても千笑ちゃんを悪者にしつつ、しどろもどろに説明する。

「ああ、あのかわいい部屋着をくれたっていう」

「そうです！ なので、全然私の趣味とかではなく、早く引き取りに来てほしいのに、あの子ったら全然——」

「いいよ、神崎さん。もう嘘をつかなくて」

必死で言い訳を探す私を制するように、真城さんが言った。

嘘のひと言にぎくっとして、目を瞬かせながら彼を見つめる。

「えっ……？」

「あのクマ、本当はきみの大切なものなんじゃないのか？　本当にただのもらいものなら、そんなに慌てて隠そうとしなくたっていいはずだ」

……なんて勘のいい人なんだろう。あっさり嘘が見抜かれてしまい、しゅん、とうなだれた。どうしてこう、真城さんにはこれまで自分が必死で隠してきたことが次々バレてしまうのかな。雷のことも、クマも、そして自分の弱さも……。

「……ごめんなさい」

「別に責めてるわけじゃないよ。というか、きみの普段のイメージと家にクマのぬいぐるみがあるっていうギャップを、むしろかわいいって思ってるところ。ちなみに俺の勘だけど、部屋着もきみの趣味だったんじゃないか？」

これまで引かれるかもと不安に思うばかりだったから、あっさり受け入れられて拍子抜けしてしまう。その一方で、突然のかわいい発言には胸が騒がしくなった。

必死で隠そうとしていた私の苦労はいったいなんだったの……。

もう、彼に隠しごとをしても意味はないだろう。私は気まずく思いながらも、こくんと頷いた。

「やっぱりそうか。もし俺を部屋に上げたくない理由があのクマとか、意外とかわいい趣味を持ってるってことだけなら、そばにいさせてくれないか？　もちろん、神崎さんを怖がらせることはしないって約束する。ご近所同士の助け合いの一環だとでも思って」

「真城さん……」

私が気を遣わないよう、あえてそういう言い方をしてくれているのだろう。

決して真城さんを警戒していたわけではないが、彼の誠意が伝わってくる。

手の震えはすっかりおさまっていたけれど、このまま彼と離れるのは寂しい。そんな感情も生まれていた。

「じゃあ、雷がやむまでの間だけ……」

ボブのことがバレてしまった気まずさもあったけれど、一緒にいたい気持ちは切実だったので、ほんの少しだけ素直になる。

真城さんは優しく目を細め、ただ黙って頷いた。

「そっか。それで雷が苦手に……」

「はい。もうずいぶん昔のことなのに、軽いトラウマになっているみたいで」

濡れた服を着替えて買ってきたものの整理も済むと、ボブをソファの端に寄せてふたりでそこに座り、温かいコーヒーを飲みながら真城さんに子どもの頃の話をした。

「無理に克服する必要はないと思うけど……やっぱり〝雷は怖くない〟って体験を地道に積み重ねていくのがいいんじゃないかな。神崎さんの場合、怖い時にひとりぼっちだったっていうのがよくなさそうだから、こうして誰かと話して気を紛らわせるのはきっと有効だよ」

「そうですね……。確かに、ひとりで布団にくるまっている時はいくら音を遮断していても怖いですけど、今は音が聞こえているにもかかわらず、ある程度耐えられていますし」

雷は予告なく鳴るのでどうしてもビクッと反応してしまうけれど、隣に真城さんがいて、手の中には温かいコーヒーのマグカップがある。その平和な空気が心を落ち着かせてくれている気がする。

「ちなみにテレビをつけるのはどう？　ひとりでいても、誰かが喋っているのが聞こえて安心しない？」

「それ、試したことあるんですけど……。停電になった時、照明と一緒にブツッと切れてしまうのが逆に恐怖を煽《あお》るのでダメでした」

「そうか。落雷による停電もあるか……」

真城さんは腕組みをして天井を睨む。私のトラウマ克服について真剣に悩んでくれているようだ。

一緒にいてくれるだけでありがたいのに、どこまで優しい人なんだろう。

実は、昔一度交際していた恋人の部屋で停電に見舞われたことがあった。私はいつものようにフリーズして身動きが取れなかったのだが、元カレはなぜか楽しげに私をその場に押し倒し、暗がりの中でキスを迫った。

『停電の時って出生率が上がるらしいぞ。ま、なんとなく理由わかるよな～』

なにも見えない恐怖の中、拒絶もできずにただ彼のすることを受け入れるしかなかった。抱き合う温かさはあったはずなのに、少しも心が安らいだ記憶はない。

甘え下手でなんでもひとりでこなし、ハグやキスなどの甘いスキンシップに対して大した反応もできず、時には逃げるようなそぶりさえ見せるこんな女、誰が愛してくれるというのだろう――。

「神崎さん？」

真城さんに呼び掛けられてハッとする。停電にまつわる苦い思い出を辿っているうちに、自分のコンプレックスに飲み込まれそうになって上の空だった。

「す、すみません。なんの話でしたっけ？」

コーヒーをテーブルに置き、真城さんの方へ顔を向ける。彼は申し訳なさそうに苦笑した。

「いや、大した話じゃないんだ。結局、信頼できる相手と一緒にいるのが一番安心だろうっていう当然の結論しか導き出せなくて、謝ろうとしてただけ。ただ……」

「ただ？」

「その相手が俺なら、どんなにいいかって思う」

彼のまっすぐな視線と言葉が、心に飛び込んでくる。

これまでの失敗で、女性としての自信も恋愛に対する情熱も、ほとんど失ったと思っていたのに……この胸はどうして、懲りずに熱くなるんだろう。学習するということを知らないの？

真城さんには惹かれているけれど、これまでの恋と同じ結末を辿るくらいなら、相棒のポジションを維持した方が、お互い嫌な思いをせずに済む。

だったら……。

「私は――」

言いかけたその時、締め切ったカーテンの隙間から一瞬光が漏れる。

間髪を入れずに雷が落ちた轟音が部屋中に響き渡り、私は呼吸を止めた。

「大丈夫？　結構近くに落ちたな……」

真城さんが呟いた直後、今度は部屋の明かりがふっと消えてしまう。

嘘……落雷だけでなく、停電まで起きるだなんて……。

「神崎さん、これを持って」

不安でどうにかなりそうで、思わず目を閉じていた私の耳に、真城さんの冷静な声が届く。うっすら目を開けると、彼が点灯させたらしいスマホのライトで一瞬目がくらむ。しかし、その向こうに彼の顔を確認すると、なんとか息をすることを思い出した。そうだ、今の私はひとりじゃない――。

「これを持って、どうすればいいんですか？」

「俺の足元を照らしてほしい。外の状況が見たくて」

「はい、わかりました」

言われるがまま窓辺に続く床の辺りにライトの位置を合わせると、真城さんがソファから下りて光の上を歩き、窓から外を確認する。

「この辺りの建物は全部明かりが消えてるな。やっぱり近くで落雷があったんだろう。復旧までどれくらいかかるか……」

言いながら、彼がこちらに戻ってくる。小さなスマホのライトがぼんやり部屋を照らす中で、ふと目が合った。

「怖い？」

「……少しだけ。でも、真城さんがいてくれるおかげでいつもよりはずっと平気です」

安心してもらえるようにそう言って微笑む。それから彼の手にスマホを返そうとしたら、手が滑って床に落ちてしまった。

「あっ、ごめんなさい」

「いいよ。俺が拾う」

私たちは同時にスマホに手を伸ばし、先に拾い上げた私の手の上に真城さんの手が重なった。私は動揺し、せっかく拾ったスマホを再び落としてしまう。その時、ライトが点灯している面が下になってしまったため、部屋は再び暗闇に包まれる。

外でまた雷が鳴ったけれど、今は自分の鼓動の方が大きく聞こえた。

「……約束、したのにな」

「えっ？」

「きみのそばにいると、我慢のない自分がすぐに顔を出す。焦って関係を進めるようなことはしないと決めているのに……」

どこか苦しそうにも聞こえる真城さんの声音にドキッとした直後、掴まれた手をぐっと引かれて体のバランスを崩した。視界が暗くても、ふわりとシャツから立ちのぼった香りと温もりで、倒れ込んだ先が彼の胸の中であるとわかった。

予想もしなかった展開に、目を白黒させる。

「ま、真城さん？」

「俺が怖い？」

「……いいえ」

彼の顔が見えていないせいだろうか。自分でも驚くほど、素直に答えられた。

「じゃあもう少しだけ、このまま……」

背中に腕が回され、ギュッと抱きしめられる。

どうしてこんなことになっているのだろう。そして、私はどうしてこんなにドキドキしてしまっているんだろう。真城さんとは、相棒以上の関係にならない方がいいと思ったばかりなのに……。彼の腕の中は温かくて、他のどこより居心地のいい場所に思える。

こんな風に誰かの温もりに身を委ねるなんて、何年ぶりだろう。

抱き合うことで心が安らぐ経験なんて、自分にはもう一生できないと思っていたのに、真城さんだけはなにかが違う。……いや、なにか、だなんて白々しい。

ずっと目を逸らし続けてきたこの甘く切ない感情の正体を、私はただ認めたくないだけだ――。

きゅ、と胸の奥が締めつけられる感覚を覚えた直後、唐突に部屋の明かりがついた。

夢の中にいたかのようにふわふわしていた意識が弾け、現実が戻ってくる。

パッと体を離すと、前にも一度見たことがある、大人の男性の顔つきをした真城さんと視線が絡んだ。

『本気で好きな相手を手に入れるためなら、悪い男になることも辞さないよ』

飲み会でそう言っていた時と同じ。〝いい人〟を封印した彼の目――。

恥ずかしいのに目を逸らせなくて、高鳴る心臓の音だけに全身を支配される。

ゆっくり顔を近づけて来る彼がなにをするつもりかすぐに理解したけれど、逃げることも拒絶することもなく、私はそっと目を閉じた。

唇に、やわらかな温もりが触れる。優しいキスなのに、火傷したようにジンジンと胸が熱くなった。想いが溢れてしまいそうで、怖いくらい。

どれくらいキスをしていただろう。長いようで短い時間が過ぎたあと、彼の唇がふっと離れていく。

私は彼の気持ちを探ろうと必死で瞳を覗き込んだのだけれど、真城さんは私と目が合うと、気まずそうに瞳を揺らし、やがて逸らしてしまった。

その反応に違和感を覚え、高鳴っていたはずの胸がざわめく。

真城さん？　どうして目を合わせてくれないの……？

「――ごめん」

たっぷり間を置いた後、ただひと言、彼はそう言った。

自分の口を手で覆い、後悔するように眉根を寄せて。

今のキスはなかったことにしてくださいと、そう言わんばかりに見えた。

「あの、真城さん……？」

「今のは、本当に……言い訳のしようもない。俺が馬鹿だった」

真城さんが私の声を遮るようにそう言って、深々と頭を下げる。

私にキスをしたのは〝馬鹿だった〟――と思うようなことなのだ。

つまり、本当はそんなことするつもりはなかったという意味だ。

停電という状況で、男女ふたりで抱き合っていたから魔が差したとか？

真城さんなら、優しさからくる庇護欲がちょっと暴走しすぎたとか、そういうパターンもありそうだ。どちらにしろ、正当な理由でキスしたわけじゃないことに変わりはないけれど――。

「気にしないでください。私なら大丈夫ですから」

なにが大丈夫なのか自分でもよくわからないけれど、強がることなら得意なので、微笑みを貼り付ける。顔を上げた真城さんはバツが悪そうな顔をしていて、本当に悪いことをしたと思っているようだった。

そんなに後悔しているのだろうか。私は決して、嫌ではなかったのに。

「雷……落ち着いたみたいだな。俺、帰るよ」

重苦しい雰囲気から逃れるように、真城さんがスッとソファから下りる。

私は慌てて棚の引き出しから約束のゴミ袋を一枚取り出すと、玄関まで彼を追いかけていき、気まずさをごまかすように「どうぞ」と手渡した。真城さんは一瞬迷ったのち、静かに受け取ってくれる。

「神崎さん、本当にごめん。後でまたちゃんと話をさせてほしい」

ちゃんとって、なんだろう。改めて『あれは気持ちのないキスだった』とでも言われるのだろうか。そんな話なら、私は聞きたくない。

「もう謝らないでください。それより、一緒にいてくださってありがとうございました。次にまた雷が鳴った時には、ひとりで対処できる気がします。……私には、あの子もいますし」

開け放ったドアの向こうにちらりと見えるボブを振り返り、微笑む。

真城さんが少し切なそうな目をした気がしたけれど、きっと私の勘違いだ。

「……そうだな。でも、無理だけはしないように」

「わかりました。それじゃ、おやすみなさい」

「ああ、おやすみ」

最後まで私の目をまっすぐ見ることなく、真城さんが私の部屋を出て行く。

いつもなら『俺に甘えて』とか『いつでも頼って』と言ってくれる彼が、今日に限ってそうしなかった。食事に誘ってくれたり、ピンチに駆けつけてくれたりした時の彼とは別人になってしまったかのようだった。

……やっぱり、いつもの恋愛と同じパターンだったのかもしれない。

いいなと思ってくれたのは向こうからだったのに、抱きしめたりキスをした時の私の反応が男性の思惑通りにならなくて、一方的にがっかりされてフラれる。

私はきっと、筋金入りにかわいげのない女なのだ。真城さんも、今まで優しくして損したとか、そのうち会社で針ヶ谷さんのように悪口を——。

「……って、後ろ向きすぎ」

エスカレートしていく思考をストップさせるため、あえて口に出して突っ込んだ。

しかし、彼が去った後はどっと疲れてしまい、リビングに戻ってソファに倒れ込んだ。ボブを抱きしめ、そのまま目を閉じる。

一気に色々起こりすぎたせいかな。さっきも寝たはずなのに、また眠気が……。


結局三十分くらいうたた寝をしてしまった。うーんと伸びをしてリビングの窓から外を覗くと、雷と一緒に雨雲も去ったようで、夕暮れの空は明るかった。

走ってこようかな……。

壁の時計を見ると、午後六時半になろうというところ。日没が遅い季節になったので、真城さんに心配されるようなこともないだろう。

そもそも彼の言いつけを守らなきゃいけない理由なんて……どこにもないのだ。

久々にランニングウエアに着替え、下ろしていた髪をひとつにまとめる。それだけでも少し憂鬱な気分がましになり、玄関で「よしっ」と声に出して家を出た。

エレベーターでエントランスまで降りると、いくつかのソファが並んだロビーから誰かの話し声が聞こえてくる。

「ねえ、いいじゃん昴矢！　部屋まで上がらせてよぉ」

「ダメだって。……あと、くっつくな」

女性の猫撫で声と、少し不機嫌そうな真城さんの声。思わず声のした方を見ると、ロビーで立ったまま話す彼に、ひとりの女性が腕を絡め、抱きついていた。

真城さんが私の視線に気づき、目が合うと「あっ」という口の形になる。彼の反応を見て女性もこちらを振り向き、私の姿を認識する。

彼女のショートカットと愛らしい瞳に見覚えがあった私は、心の中でひとり納得していた。

彼の言った『ごめん』ってそういうことか……。

あの女性は以前もこのマンションを訪れていた。真城さんはあまり深い関係じゃない風を装っていたけれど、きっとあれは嘘だったのだ。

彼のことを『昴矢』と下の名前で呼ぶ人は会社でひとりもいないし、彼はひとりっ子だと言っていたから女きょうだいという線もない。

恋人にしては彼の対応がぞんざいな気もするが、二度もマンションを訪れるなんて、特別な女性であることは明らかだ。

「神崎さん、誤解しないでほしいんだけど――」

真城さんが彼女を置いてこちらに来ようとしたのでとっさに外に出ようとしたが、

運悪く大きな荷物を持った宅配業者がエントランスを塞いでいた。

仕方なくエレベーターの方へ駆け戻り、激しくボタンを押して彼が追いつく前にやってきたエレベーターに乗り込んだ。さすがに他の女性を待たせて部屋まで来るようなことはないだろう。

今は、冷静に彼と話ができる気がしなかった。目にしたばかりの女性と彼が抱き合うシーンが、頭の中に何度も浮かんでは消える。

一旦自宅に戻るとすっかりランニングに行くような気分ではなくなってしまい、後頭部に手を伸ばすとシュル、とヘアゴムを外す。

……大丈夫。彼とはまだなにも始まってなかった。これまでもこれからも、真城さんはただのご近所さんで、相棒。それ以上でもそれ以下でもない。

たった一度のキスくらい、なかったことにできる——よね？

気持ちとは裏腹にいまだ口づけの余韻が残る唇を、強めにキュッと噛みしめる。あの時感じた甘い感触や心に湧いた感情のすべてを、痛みで上書きしてしまいたかった。

やがて口の中に薄っすら鉄の味が広がって、ふっと力を緩める。

しかし、血が出るほどの痛みの後でも、真城さんとのキスをきれいさっぱり忘れることは、どうしてもできなかった。

ただの同僚でいるために

真城さんへの微妙な想いを封印し、彼の相棒としてのポジションを確固たるものにするため、私は連休明けからこれまで以上に仕事に没頭した。

ただし、体調管理を怠るとまた彼に迷惑をかけることになるので、ダラダラと残業するようなことはせず、時間内で最大限の仕事ができるよう心掛ける。

無駄な時間を作らなければ、ちょっとした雑談をすることもない。真城さんにプライベートの話をされないようにするための、私なりの防御策でもあった。

彼は時折なにか言いたそうにするけれど、気づいていないふりを貫いて一週間。

真城さんもそろそろあきらめてくれるだろうと信じ、ビジネスライクな対応を続けている。

「神崎さん、ビオワインのクレーム処理の件だけど」

「すでに対応済みです。部長のチェックが通り次第、報告書を全体に共有します」

パソコンの画面に報告書を出して彼に見せると、真城さんは上から下までざっと目で追った。

「早いね……」

「ありがとうございます。それとご相談なんですが、複数の販売店から日本製ワインオープナーの問い合わせが来ているんです。私はこれまで食品そのものしか扱ってこなかったので、コネクションがまったくなくて……真城さんはどうですか？」

「それなら、これまでに取引のあった調理器具メーカーの一覧がある。これまでも、食材と道具をセットで求められることはよくあったんだ。海外だと、パルメザンチーズを削るチーズグレーターとか製菓用の道具に結構ニーズがあってね。ワインオープナーを扱っているメーカーも少なくなかったはずだ」

真城さんにも思うところはあるのだろうけれど、基本的に公私混同はしないタイプのよう。メーカーの一覧をすぐに検索し、見せてくれた。

「ありがとうございます。結構たくさんのメーカーにつてがあるんですね」

「ワインオープナーにも種類があるけど、向こうの要望は？」

「とくに指定はなく、こちらが勧める商品をとりあえず見てみたいと。ただしメイドインジャパンらしい、高品質のものがいいみたいです。ですから、安価な便利グッズ的な商品よりは、伝統的な技法を駆使したものがいいんじゃないかと」

「なるほどね。それならちょうどいいステンレス製品の会社がある。すぐに聞いてみるからちょっと待って」

「お願いします」

さっそく私の横で電話をし始める真城さんの横顔を見ていると、胸の奥に押し込めていた感情がふいに飛び出してきそうになり、慌てて目を逸らす。

彼の狡いところは、無意識にその敏腕ぶりを見せつけてくるところだ。

面と向かって口説かれたりしなくても、魅力が嫌というほど伝わってくる。

このままいくらビジネスライクな関係を貫き続けたとしても、嫌いになることは一生できない……そんな気がする。

「神崎さん、明日の午後時間あったよね？　さっそくサンプル見せてくれるって」

自分の思考に浸っていた私は、ハッとして彼を見る。スマホの通話口を押さえた彼が、私の返答を待っていた。

「はっ、早いですね！　スケジュール的には問題ないですが」

「さっきの俺と同じこと言ってる。じゃ、明日ふたりで行くって伝えておくよ」

真城さんは軽く笑って言うと、また電話に戻る。

明日出かけることになったということは、その間にやろうとしていたタスクを別の時間に移さなければ。

頭の中でスケジュールを組み替え、パズルのようにはめ込んでいく。

毎日こうして仕事が忙しいことが、今はありがたかった。


翌日、予定通り午後にアポイントを取っていたステンレス製品メーカー『鏑木《かぶらぎ》ステンレス』の本社へ真城さんと向かった。

駅から近かったので移動は電車。車でふたりきりになるよりはよかったけれど、どこかで部活動の大会でもあったのか、乗り込んだ車両には大きなリュックを持った学生の集団がおり、予想以上に混雑していた。

「神崎さん、潰れてない？」

「は、はい」

真城さんはドアを背にして立つ私を庇うように手をつく。不可抗力とはいえ、至近距離で彼と向かい合う体勢になり、心臓が過剰に騒ぐ。

「……あのさ」

電車が動き出してすぐ、真城さんが口を開く。

「デンマークのニルセンさんが、一度俺たちに自分のブドウ畑を見てほしいそうなんだ。今はちょうど剪定作業の真っ最中で、それを手伝ってほしいとも言ってる。たぶん、俺たちの会社を信用できるかどうかの、最終チェックみたいなものだと思う」

「それって……出張するってことですよね。デンマークに」

だとすると、私の初めての海外出張になる。真城さんとの仲が気まずいとか言っている場合じゃない。そもそも、私は商品を通して世界中の人々と繋がれる喜びを感じたくてパンドラパントリーに入社したのだ。

「……大丈夫？　俺と一緒で」

真城さんは『なにが』とは言わない。けれど、仕事とは関係のない私個人の気持ちを聞かれているのだと、すぐにわかった。

「私は大丈夫です。真城さんの方こそ大丈夫ですか？」

彼女であろう存在がいるのに、女性とふたりでの出張。不都合があるとしたら、むしろ彼の方だと思う。

「それって、あの時のことを言ってる？　きみは誤解しているようだけど彼女は――」

「真城さんが大丈夫だとおっしゃるなら、この話は解決です。私たちはただの相棒なんですから」

彼がなにか言いたげなのは気づいていたけれど、遮るようにそう言った。

真城さんは絶句して、苦しそうに軽く眉根を寄せる。

彼を傷つけてしまったようで、チクッと胸が痛くなる。それでもフォローできるような心境ではなかった。

「責任者は真城さんなので、申請、よろしくお願いします」

「……ああ」

私たちの会話はそこで途切れ、目的の駅までの十分強、ただお互いの息遣いを感じる近さで、気まずい時間を過ごした。

「こちらはよく使われるT字型、そしてソムリエナイフ。そしてこちらが、ダブルアクションと呼ばれるタイプのオープナーです。初心者が使うならダブルアクションがおススメですね」

訪問先のメーカーでは会議室に通され、男性担当者が数種類の商品を紹介してくれた。恥ずかしながらワインオープナーにそれほど種類があるとは知らず、自分が使ったことのあるオーソドックスなT字型以外はほとんど馴染みがなかった。

「じゃあ、やっぱりダブルアクションが一番売れているんでしょうか？」

私は単純に思ったことを担当者に尋ねる。

「意外とそうでもないんです。慣れると一番速く綺麗に開栓できるのはソムリエナイフなので、ワイン好きの方ほどそちらを好まれます」

「なるほど……」

そういえば、ワインバー『残照』の店主が、ソムリエナイフで器用にワインを開ける姿を見たことがある。あれは熟練の技なのだろう。

私たちが仕事で担当している北欧地域は、日本よりずっとワインを扱う店も、その愛好家も多い。となると、好まれるのはソムリエナイフか。けれど、女性でも開けやすいタイプも捨てがたい。

今日のところはこの情報を持ち帰り、後日他社製品とも比較し、取引先にとって最も適した商品を提案することになる。だから今ここでひとつに絞る必要はないのだが、消費者目線で第一印象を覚えておくのも大切だ。

「保証期間は？」

そう尋ねたのは真城さんだ。担当者はよくぞ聞いてくれたと言わんばかりに胸を張った。

「弊社ではステンレスの中でも強度の高い素材を使用しておりますので、三年保証と比較的長く設定しております」

手元のパンフレットにも、【高級ステンレス】と銘打ってある。

その分安価ではないが、今回求められているのは高品質のメイドインジャパン製品。とりあえず、路線としては間違っていない。

真城さんも同じことを考えているのか、『収穫ありだな』というように、私と目を合わせて深く頷いた。一社目からいい商品に巡り合えて、なんとなく幸先がいい。

「それでは、一度社に戻って検討いたしますので、実際に発注させていただくかどうかは後日ご連絡します」

「承知しました。よろしくお願いいたします」

真城さんと会議室を出ると、取引先訪問という緊張感からは解放されたものの、今度は彼との個人的な気まずさが舞い戻ってくる。

「いい商品ばかりだったな。あれ、俺も個人的に欲しいよ」

彼の方も気まずいのだと思う。当たり障りのない会話だけれど、どことなく口調がぎこちない。

「わかります。ソムリエナイフですか？　それとも、簡単に開けられる方？」

「うーん、ソムリエナイフがうまく扱えたらカッコいいんだろうけど、すぐに飲める方がいいな」

「私も一緒です。北欧の人にはどっちが受けるかな……」

上辺だけの会話で沈黙を繋ぎながら、取引先を辞す。

建物を出たところで、真城さんがポケットからスマホを取り出した。

「……電話。部長からだ」

真城さんがそう呟き、スマホを耳に当てる。私はなんとなしに、もらったパンフレットをパラパラと捲った。

「はい、お疲れ様です。……例の件？　ちょっと待ってください」

真城さんはチラッと私を見ると、つかつかと離れた場所まで歩いて行ってしまう。

部長から個人的なお話？

気にはなるものの、さすがに盗み聞きはできない。

しばらくその場で待っていると、真城さんは数分ですぐに戻って来た。

「待たせてごめん」

「いえ。なんのお話だったんですか？」

「まだ内緒。でも近いうちにわかると思う」

曖昧な表現をされ、ますます知りたくなってしまう。表情が明るいから、なんとなくいい話のような気がする。もしかしたら彼の出世の話とか。

だったら相棒としては、一番にお祝いしてあげたいけれど。

「……今じゃダメなんですか？」

「まだハッキリしたわけじゃないんだ。でも、いい方向にはいくと思う。……って、神崎さんにはわけがわからないよな」

笑ってごまかすようなそぶりは、照れくささの裏返しにも見える。

とはいえ早合点の可能性もあるので、これ以上追及するのはやめておこう。

「全然わかりませんけど、なんだかいい話のようなので、聞かせてもらえるのを楽しみにしています」

「もったいぶって悪い。神崎さんもホッとしてくれるといいんだけど。じゃ、帰ろう」

私がホッとする……？

なんだか予想している話と違うような気もしたが、そこで会話は途切れたので、いつか彼が話してくれる時を大人しく待つことにした。


定時を過ぎ、帰り支度を済ませて会社の廊下を歩いていると、後ろから誰かが駆けてくる足音がした。振り向くと、そこにいたのは息を切らせた真城さんだ。

「お疲れ様です」

「神崎さん、お疲れ」

彼はそう言って辺りをキョロキョロし、一度小さく息をつく。

「……大丈夫みたいだな」

「どうしました？」

「いや、なんでもない。それより、帰る前に一杯だけどう？　今日はワインオープナーばかり見ていたからか、ワイン飲みたい欲がすごいんだ」

「えっ？　あの、でも……」

気まずい反面、誘ってもらえてうれしい自分もいる。でも、今は彼と仕事以外の話をする気にはなれない……。断った方が無難だよね。

意を決して口を開いたのと同時に、私の目にひとりの女性の姿が映る。

会社を出てすぐの歩道で、見覚えのあるショートヘアの女性が立っている。

彼女が真城さんの姿に気づいてぱぁっと花のような笑顔になるのを、彼の一番近くでハッキリと見てしまった。

「昴矢～！」

「……那美《なみ》？　なんでここに」

真城さんはボソッと呟いた後、すぐにハッとして私を見下ろす。

「神崎さん、ずっと紹介しそびれていたけど、彼女は――」

「こんばんは！　昴矢の友人で彼女候補、武井《たけい》那美です！」

那美さんはガバッと真城さんの腕に抱きつき、弾けるような笑顔を浮かべた。

真城さんはすぐに「離れろ」と彼女を引きはがそうとするが、那美さんはめげずにくっついている。

それにしても、彼女……ではなく、彼女候補？

微妙な肩書きに困惑するが、下の名前で呼び合い、こうして気安くスキンシップをする仲であることに変わりはない。

完全に気後れしながら、まごまごと挨拶した。

「神崎です。真城さんとは海外営業部の同僚で……」

「彼女、すごく優秀なんだ。最近国内担当から海外担当に抜擢されたばかりで」

「なによ、昴矢の手柄みたいに。ねえ、それより今時間ある？　また相談したいことがあるの」

「今日は無理だ。あと、こうして待ち伏せされるのも困る。帰ってくれ」

「ひどーい……私が思いつめて道路に飛び出してもいいんだ」

那美さんが私の目を見たのは最初の挨拶だけで、あとはずっとこちらを無視して真城さんとの話をするのに夢中。フルネームでの自己紹介も私をけん制しているように感じたし、私を邪魔者扱いしているのは明らか。

少し自分勝手な印象を受けるが、男の人はこれくらいハッキリ好意を示してもらえる方がうれしいのかもしれない。

相手の都合なんて構わず、彼の心にまっすぐ飛び込もうとしている那美さんが羨ましくて眩しくて……本音を言えば、少し妬ましい。

真城さんから飲みに誘われてほんの少しだけ浮かれていた心に、ゆっくり重たいシャッターが下りていく。

「真城さん、私ならひとりで帰れますからお気になさらず」

「ほらー、神崎さんもこう言ってるしさ」

那美さんが子どものように、掴んだ真城さんの腕をぶんぶん揺らす。

彼は大きくため息をつくと、那美さんの手をそっとほどいた。

「だとしても、俺が一緒にいたいのは神崎さんだ。それに、連絡もなしに訪ねてこられても困るって、那美には何度も伝えたからわかってるはずだろ？ 今日のところは帰ってくれ」

真城さんがそこまで強く那美さんを拒絶するとは思わず、内心驚いた。

自分を優先してくれたようで、誰にも言えないけれどうれしくて……。

さっきまで那美さんのことが妬ましかったくせに、チョロい女だな、と思う。

「だって、連絡しても忙しいって言って会ってくれないし……」

「それは那美が当日になって連絡を寄こすからだ。もう少し早くに相談してくれれば時間を作る。ただし、家には上げない。会うなら外でだ」

「……わかったわよ」

拗ねたように頬を膨らませ、那美さんがくるりと私たちに背を向ける。彼の友人にしては少々幼い印象を受けるが、そのぶん自分の気持ちに正直でかわいらしい人だと思う。本当に、彼女を放っておいていいのだろうか。

「よかったんですか？　帰らせてしまって」

「ああ。那美にも言っただろ。きみと一緒にいたいって」

「でも私、お断りしようと思って……」

「神崎さんに誤解されたくなかったんだ。マンションでも何度か彼女を見かけただろうけど、ただの友人だって、ちゃんと説明しておきたかった」

……どうして、わざわざ？

そう聞きたいのに口に出せなかった。彼の思わせぶりなセリフに心はぐらぐらと揺れているのに、相棒の顔を保つので精一杯で、核心に触れられない。

「私も、ただの同僚ですけどね」

おまけに、冗談めかしてそんなことまで口走ってしまった。気まずさをごまかすように笑顔を作るけれど、真城さんは笑ってくれない。

「……俺は」

どうしよう。余計なことを言ったかもしれない。

今までこういう話題を必死で避けてきたはずなのに、自分から藪をつつくような真似をするなんて、本当に馬鹿。

「ただの同僚に、あんなことはしない」

あんなこと――そう言われた途端に、唇がキスの感触を思い出した。

真城さんの瞳はどこまでもまっすぐで、嘘を言っている様子はない。

でも、彼はあの時のキスを後悔していた。『俺が馬鹿だった』って。

なのに、今さらそんなことを言う理由は……？

動揺を隠しきれず、目をしばたたく。

「じゃあ、どうして謝ったりしたんですか？」

「それは――」

「や、やっぱり言わなくていいです！　今は受け止める余裕がありません」

真城さんが口を開いた直後、急に怖くなって言葉を遮った。

彼とどうにかなる覚悟も、決定的に嫌われる勇気もないのに、結論だけ急いだって、なんにもならない。私と真城さんは、毎日顔を合わせて仕事をする仲なのだ。

曖昧にしておいた方がいいことだって、絶対にある。

「神崎さん……」

「海外出張も控えてますし、今は真城さんとこのままの距離でいたいんです。お願いします」

「……そうだな。いつも俺ばかり焦っていてごめん。今日はとりあえず、まっすぐ帰ろうか」

シリアスなムードを断ち切るように、真城さんが明るく言って歩きだす。

彼はなにも悪くないのに、いつも謝らせてばかりだ。

黙って彼の後をついていくと、速度を緩めた彼が横に並んだ。

「相棒なら、いつもちゃんと隣にいて」

言い聞かせるような口調でそう言われ、胸が詰まった。

こうして優しい彼の隣にいられることがうれしい。けれど、相棒は手も握ってもらえないと気づいて、泣きたいような気持ちになってしまう。

壁を作ったのは自分なのに、その向こう側にいる彼がどんどん大きな存在になって、私の心を占領していく。

「……はい」

そっけなく聞こえてしまうくらいの短い返事しかできない私に、真城さんはそれでも、優しい頷きを返してくれた。


真城さんとのデンマーク出張は、六月の一週目に決まった。

移動に時間がかかるため、二泊四日の旅。郊外にあるニルセンさんのブドウ畑とワイナリーを見せてもらうのがメインだが、市街地ではいつもオンラインでやり取りしている得意先の酒販店やレストランを回り、売上や消費者の動向について直接話をする。また、新たに提案したいワインを紹介する他、他の国でさっそく大好評となっている日本製ワインオープナーについてもおススメする予定だ。

通常業務に加えてそのプロモーションを行うための資料作りもあったため、当日までは準備でかなりバタバタしていた。

「神崎さん、ちょっといいですか？」

多忙な日々を過ごしていたので、ちょっとカリカリしていたのだと思う。

デスクで事務作業に没頭していた時に浅井部長から呼ばれ、「なんですかっ？」と殺気立って振り向いてしまった。

部長が怯えたように眼鏡の奥の瞳をしょぼしょぼさせているのを見て、ようやく我に返る。

「す、すみません。あのご用件は……？」

「いえ、こちらこそ忙しいところすみません。こちらではアレなのでミーティングスペースの方へ」

「……はい」

アレの意味がよくわからないけれど、部長に従って席を立つ。

まさかとは思うけど、またどこかの整理とかそういう雑用を頼んでくるわけじゃないよね……？　今はさすがにそんな余裕はないし、初めての海外出張に注力したいから、もしそうならきっぱり断ろう。

「針ヶ谷くんが、今月いっぱいで退職することになりました」

「えっ……？」

思わず、オフィスとの空間を隔てているパーテーションの方を振り向く。

言われてみれば、最近彼の顔を見ていない。

「すでに有休消化中なので、もう神崎さんに嫌がらせをするようなこともないでしょう。ですから安心してくださいと、それだけお伝えしたくて」

「えっ？　部長、どうしてそのこと……」

私から部長に相談したことはないし、私の前では派手に嫌味を言う針ヶ谷さんも、さすがに上司の前では控えていたはずだ。

「以前から薄っすら、彼があなたに対して当たりが強いことを感じていたのですが、決定的な暴力やセクハラの現場を見たわけではないし、神崎さんもうまくあしらっているように見えたので、大事にする必要はないと思っていたんです。……しかし、そのことで真城くんにかなり叱られまして」

部長が頼りない苦笑を浮かべ、そう言った。ここで真城さんの名前が出てきたのが意外すぎて、思わず聞き返してしまう。

「……真城さんが？」

「はい。針ヶ谷くんの言動はもう見過ごしていられないと。彼は僕を納得させるため、直接針ヶ谷くんを問い詰めた音声データまで用意していました。その行動の是非はおいておくとして、僕も驚きましたよ。神崎さんに仕事を押しつけるために仮病を使って会社を休んだこと。それに資料のデータを消し、資料室を荒らしたことについても認める会話が録音されていたんですから。一連のことにまったく気づかず、申し訳ありませんでした」

嘘……。真城さんが、針ヶ谷さんを問い詰めた？

針ヶ谷さんに絡まれたのを何度か助けてもらったことはあったけれど、彼自身がそこまでの行動に出るなんて、思いもよらなかった。

「正直なところ、殴り合いになるんじゃないかと心配になるくらいの激しいやり取りでした。それで針ヶ谷くんも最終的には折れたというか、認めざるを得なかったのでしょう。退職願は、彼本人から受け取りました」

「そう、だったんですか……」

真城さんからはなんの報告も受けていなかったので、理解が追い付かない。

でも、そういえば前に、部長から受けた電話の内容を『まだ内緒』と濁されたことがあった。彼はこうも言っていた。

『まだハッキリしたわけじゃないんだ。でも、いい方向にはいくと思う』

『神崎さんもホッとしてくれるといいんだけど』

あれが針ヶ谷さんの話なのだとしたら、すでに真城さんは彼を問い詰めた後だったということだ。そういえばあの日、会社帰りに私を追いかけてきた彼は、周囲を気にしていた。そして那美さんからの誘いをきっぱり断って、マンションまで送ってくれて……もしかしたら、逆恨みした針ヶ谷さんが私に危害を加えると思ったとか？

私の知らないところで、どうしてそこまで――。

「部長、その音声データって……私が聞くことはできないですよね？」

「それは、真城くんから固く禁じられているのですみません。男の約束なんです。ただ、神崎さんが針ヶ谷くんを法に訴えたいとなれば話は別ですが……」

「い、いえ、そこまでは考えていません！」

さすがに訴えるという発想はなかったので、慌てて否定する。

ネチネチした嫌味は多かったが、私にとっては自分で跳ねのけられる程度の嫌がらせだった。

仮病や資料室の件も、ここ最近忙しくてすっかり忘れていたくらいだし。

「そうですか。でも、これからまた似たようなことがあったら、今度は僕にひと言相談してくださいね。頼りない上司ですが、真城くんに叱られて目が覚めたので」

「はい、わかりました……」

先に出て行く部長の背中を見送り、ミーティングスペースでひとり、ぽつんと立ち尽くす。そっと胸に手を置くと、頭に浮かんだのは当然真城さんのことだ。

針ヶ谷さんの件は、彼がもともと持っている優しさと正義感から行動を起こしただけ。きっとそうに決まっている。

何度も自分に言い聞かせるのに、私を守ってくれようとしたのでは――という思いが拭えず、胸の高鳴りを止められない。

……相棒でいたいなんて建前だ。今、ハッキリとそう自覚する。

私は真城さんのことが好きで、好きで好きで仕方ないくせに、素直になるのが怖いだけだ――。

ただの同僚から抜け出すために——side 昴矢

浅井部長に飲みに誘われ、会社近くのワインバー『残照』へやってきた。初老の店主がひとりで営んでいるらしい、静かで雰囲気のいい店だ。

レトロな喫茶店にありそうなえんじ色のソファのボックス席で、グラスを片手に部長と向き合う。

「神崎さん、とても驚いていましたよ」

「……そうですか。引いてませんでした？」

針ヶ谷の退職が正式に決まり、そのことを神崎さんにも伝えたと部長から報告を受けた。俺が針ヶ谷とやり合った時の音声データについても、具体的な内容は伏せてそれとなく話したようだ。

「そんな感じではなかったですよ。ただ、『相談してほしかった』という顔はしていましたね」

「はは、ですよね」

しかし、もしも相談していたら彼女は俺を止めただろう。自分のためにそこまでしなくていいと遠慮するか、逆に迷惑がったかもしれない。

「しかし、そこまでするほど神崎さんのことが大事なら、いっそあの音声を彼女にも聞かせてしまった方がよかったんじゃないですか？」

部長にそう言われ、俺は思わず苦笑する。

「無理ですよ、あんな恥ずかしい会話。それに、針ヶ谷の暴言を彼女に聞かせるわけにはいきません」

「……それは確かに。すみません、余計なことを言いました」

部長は納得したように頷き、静かにグラスを傾ける。

テーブルに沈黙が落ちると、脳裏には自然に針ヶ谷とのやり取りが蘇った。


『どうして俺が謝んなきゃいけないんだよ。仮病も資料室の件も、証拠はないだろ』

奴を問い詰める場所に選んだのは、神崎さんが倒れていた資料室だ。

俺はあの日の憤りを忘れない。彼女がここで毎日理不尽な仕事をさせられていたのが針ヶ谷のせいなら、許すつもりはなかった。

『確かに証拠はないが、お前が神崎さんを目の敵にしているのは誰が見たって明らかだ。どうにか彼女より優位に立ちたいのに、お前の実力じゃ逆立ちしても仕事で彼女の鼻をあかすことはできない。だから、嫌がらせで鬱憤を晴らすしかなかったんじゃないのか？』

少々強引な誘導尋問ではあったが、針ヶ谷には効果があったらしい。奴は真っ赤になって目を吊り上げた。

『だってムカつくだろう！ あの女。部長に気に入られてプロジェクトリーダーになったかと思えば、今度は海外営業部にまで抜擢されて。新入社員の頃は従順でかわいかったのに、立場が逆転したら先輩の俺ですら顎で使う。あんなによくしてやった俺の好意を無下にして！ ずる賢くてしたたかな女なんだよアイツは。完全に男を見下してる』

『好意って……じゃあ、彼女に振り向いてもらえないから逆恨みしてたってことか？』

『……そんなことはどうでもいいだろ！ とにかく、あの女は性悪だ！』

どうやら図星だったらしい。感情的になった針ヶ谷は、そばにある机をダン！と殴った。彼女が気に食わないのなら関わらなければいいだけなのに、必要以上に絡むのはそういうわけだったのか。

それにしたって被害妄想も甚だしい。神崎さんの方が有能だから先に出世したにすぎないのに、どうしてそれがずる賢いという認識になるのだろう。まして、男を見下してるだなんて飛躍しすぎだ。

呆れすぎて言葉を失っていると、針ヶ谷はなおも続ける。

『真城だってアイツにすり寄られてただろ。でも、こうして俺をわざわざ呼び出して文句言ってくるってことは、お前神崎に相当入れ込んでるんだな。年下の女にいいように使われて、情けなくないのか？　俺にはできないね。あんなかわいくない女のどこがよくて――』

針ヶ谷が馬鹿にしたように鼻を鳴らしてそう言った直後、俺は衝動的に奴の胸ぐらを掴んでいた。

会社という場所で、俺がこれほどまでに怒りを露わにすることなどこれまで一度もなかったからだろう。針ヶ谷の顔からサッと血の気が引く。

『お前ごときの人間に彼女の魅力は一生わからないだろうな。彼女がどんなに悩み、苦しみ、時には涙を流してきたか……それでもひたむきに前を向いて、どんなに努力したか。その脆さも心の美しさも、俺だけが知っていればいい。彼女は誰にも触れさせないし、侮辱する奴は許さない』

こんなに冷たい声が出るものかと、自分自身で驚いた。腹の底は怒りで煮えたぎり、針ヶ谷に対してはどこまでも冷酷になれる。これほどまでに誰かを守りたいと心の底から思ったのは生まれて初めてだ。

『ま、真城……落ち着けって、なぁ』

『……俺を怒らせたのはお前だ。報いを受ける覚悟はあるんだろうな？』

想い人をこんな風に馬鹿にされて、平常心でいろという方が無理な話だ。

『んな怒んなって……ちょっとした冗談だろ』

針ヶ谷はヘラヘラしていたが、俺はにこりとも笑わない。奴からパッと手を離すと胸の前で拳の関節をぽきぽきと鳴らし、本気で鉄拳制裁も辞さない覚悟を見せる。

『お前が『入れ込んでる』と言ったのはあながち間違いじゃない。俺は彼女に心底惚れているからな。だからこうしてお前を人目につかない場所に呼び出したんだ。これまでの嫌がらせの件を認めて、彼女の前から消えると言うなら無傷で逃がしてやる。でも、いつまでもごまかし続けるつもりなら――』

『そんなことしたら真城、お前のせっかくの輝かしい経歴にも傷が……』

『経歴なんてどうでもいい。一番大切なのは、神崎さんの笑顔を守ることだ。だから彼女を傷つけるものは排除する。逃げるか殴られるか、さっさと好きな方を選べ』

『……わ、わかった。全部認めてお前たちの前から消える。それでいいだろ？　俺って営業職には合ってないかもなーなんて思ってたところだったんだ、ちょうどよかったぜ』

俺に殴られるのが怖くて逃げる、という事実を捻じ曲げたいのだろう。

ただ単に罪を認めればいいだけなのに、余計な言い訳まで付け足す針ヶ谷に呆れる。

『就業時間中にゲームをする、自分より優れた社員に嫌がらせをする、仮病を使って休む。営業職どころか社会人全般に向いていないと思うがな』

『な、なんとでも言えよもう……。俺は帰る』

去り際、針ヶ谷は相当怯えていたのか、内側に開くドアを勢いよく押して、顔からぶつかっていた。直接殴ることは叶わなかったが、『痛ってぇ……』と小声で呟きドアを睨みつける針ヶ谷の姿を見て、少しは溜飲が下がった気がする。

「それにしても、きみたちがまだ恋人同士ではないというのは少し意外でした。上司の僕から見ても、真城くんと神崎さんはなかなか相性がいいと思うのですが」

部長のそんな言葉で思考が現実に戻ってくる。俺は苦笑して肩を竦めた。

「……俺、態度に出てますか？　会社では極力抑えているつもりですが」

「営業部の他のメンバーは気づいてないと思いますよ。ただ、僕は上司ですので、部下の人間関係には特別敏感なんです」

穏やかな微笑みを浮かべる部長だが、そのアンテナの高さはさすが営業部をまとめている人物である。

俺も、彼女のそばにいてその仕草や反応を見ていれば、この恋がまるっきり片想いというわけではないというのはわかっている。しかし、神崎さんは固く閉じた心に本音を隠してしまっていて、無理にこじ開けようとすると苦しそうな顔をする。

そして、言い聞かせるように〝相棒〟という言葉を多用する。俺の気持ちはとっくに、そんな関係を飛び越えているというのに。

「しかし、真城くんにとって今度の出張はつらいものがありますね」

「まぁ、そこは仕事ですから」

口ではそう言いつつも、実際かなり苦しいと思う。異国の地で、片想いしている相手とふたりきり。宿泊する部屋は別だが、ホテル自体は同じだ。

「ちなみに僕は、仕事さえちゃんとやってくれれば、その後でふたりが食事をしようがお酒を飲もうが、ホテルの同じ部屋に帰ろうが咎めるつもりはありませんから。健闘を祈ってますよ」

部長は全面的に俺たちを応援してくれているようだが、俺は微妙な笑みを返すことしかできなかった。もちろん俺だって、できるものならそうしたい。しかし、神崎さんの方は強引に迫られることは望んでいないだろう。

それなら、衝動に任せて彼女に感情をぶつけ、後になって『ごめん』と謝るような真似はもうしたくないのだ。あの雷の夜のように。

停電で部屋が闇に包まれている間、安心して俺の胸に身を預けてくれた彼女の温もりや甘い香りが愛おしくて、明かりがついて視線が絡んだ瞬間、その唇を奪いたい衝動を抑えられなかった。

神崎さんも抵抗しなかったし、唇を重ねている間は本当に幸せで、胸の中では何度も彼女に『好きだ』と伝えていた。

しかし、いざ唇を離して戸惑う彼女と目が合った時、俺は自分がしてしまったことの愚かさに気づく。神崎さんの瞳が、不安そうに潤んでいたのだ。

神崎さんは子どもの頃の体験がトラウマとなり、本気で雷が怖かったからこそ、俺を部屋に招き入れてくれたのだ。俺だってそれはわかっていたはずなのに。

『もちろん、神崎さんを怖がらせることはしないって約束する』

そう口にした自分がいかに無責任だったか痛感する。

神崎さんが実際に俺を怖がったかどうかの問題じゃない。あの状況で、彼女を安心させるよりも自分の欲求をぶつけるのを優先させてしまったことが、俺には許せなかった。

だから、なにも言い訳せずにただ『ごめん』と謝った。

もう一度彼女にキスできる日が来るなら、きちんとお互いの気持ちを確かめ、神崎さんも俺という人間を求めてくれている、そう確証が持てた時だ。だから、いくら泊りがけの海外出張だとしても、絶対に無理やり迫るようなことはしない。

俺をけしかけるような部長の言葉とは裏腹に、固く心にそう決めていた。


俺と神崎さんはその後も相棒の立場を貫き、とうとう出張の日を迎えた。

羽田空港《はねだくうこう》からコペンハーゲン行きの直行便に乗るため、午前中に家を出て、マンションのロビーで彼女と合流する。

「変な感じですよね。直行直帰とはいえ、他の社員とペアだったらきっと空港集合になるのに」

「確かにあまりない体験だよな。どちらかが遅刻する心配もないからいいけど」

それぞれ大きさの違うキャリーバッグを転がしながら、マンションの外に出る。今日の日程は移動のみだからか、神崎さんは動きやすそうなワイドパンツにブラウスを合わせていて初夏の爽やかさを感じる。

彼女は背が高くスタイルがいいので、どんな服でも自分に似合うように着こなせる。

しかし、これまでで一番俺の心を鷲掴みにしたのは、クマ柄のワンピースにクマの耳がついたパーカーを羽織っていた、あの破壊力抜群の部屋着姿だ。

もらいものだと言っていたのは嘘で、本当の彼女はクマをモチーフにした服や小物が好きらしい。部屋に大きなぬいぐるみまでいたとは驚いたが、疲れたら抱きついたり一緒に寝たりするのだろうかと想像すると、絵面のかわいさに悶えそうになる。

いつか、あの部屋着のフードをかぶったところも見てみたい。そのためにはまず、相棒を脱却するのが必須だろうけど──。

「……あの、真城さん」

「ん?」

駅まで歩いている途中、神崎さんが改まったように俺を呼ぶ。

隣の彼女を見下ろすと、彼女は緊張気味に小さく息を吸った。

「今回の出張が無事に終わったら……話したいことがあります」

大きな瞳には、神崎さんの覚悟が滲んでいるように見えた。

曖昧なままの俺たちの関係に、決着をつけたいという意思を感じる。それが俺にとって、いい話なのか悪い話なのかはわからない。

しかし、神崎さんが心を決めてくれたなら、俺からも伝えたい気持ちがある。

これまでも多少のアプローチは仕掛けてきたが、ハッキリと口にしたことはなかった、きみへの強い想い——。

「俺も大事な話がある。もしかしたら今の関係が壊れてしまうかもしれない。それでも伝えたいんだ。きみはとっくに気づいていることかもしれないけど」

「真城さん……。はい、ちゃんと聞きます。私、もう逃げませんから」

しっかりと頷く彼女は、俺が尊敬してやまない〝カッコいい神崎さん〟だった。もちろんどんな彼女も魅力的なのだが、弱気になって悩んで揺れても、根っこの部分は強い。そんな彼女の強さを目の当たりにした時、彼女がいっそう輝いて見えるから。

「ありがとう。それじゃ、ひとまずニルセンさんとの契約をものにしないとな」

「ですね。私、ブドウの剪定についてかなり詳しく調べてきました！」

「さすが相棒。頼りにしてるよ」

いつもなら、俺たちの関係に線引きをするために使っていたその言葉を、本来の意味で口にする。神崎さんにもそれは伝わったようで、「任せてください！」とにっこり微笑んでくれた。

デンマークに到着したのは現地時間の夕方六時頃だった。

ホテルに荷物を預けた後、レストランで夕食を食べながら明日以降の打ち合わせをした後は、それぞれの部屋に帰って体を休める。

翌朝、六時頃に目が覚めると、スマホに那美からのメッセージが一件届いていた。

【今度、いつ会える？　昴矢が当日じゃダメって言うから、ちゃんと前もって連絡してみた】

思わず眉間に皺が寄り、ため息がこぼれた。

七時間の時差がある日本は午後一時頃。仕事の昼休憩にでも連絡してきたのかもしれない。

【今出張でデンマークにいるから、帰国したらこっちから連絡する】

【帰国はいつ？　一刻も早く相談したいことがあるの】

こちらの都合はお構いなしの自分本位なところは、昔から変わらない。那美は家庭環境が少し特殊なため、親しい人には少し依存傾向にあるのだ。

彼女とは、俺ともうひとりの友人である井原《いはら》翔真《しょうま》を介し、三人でよく行動をともにしていた幼馴染のようなものである。その友人と那美は中学生の頃から交際しているのだが、彼らはなにかにつけてすぐ喧嘩をする。俺は昔からその仲裁役になることが多かったが、那美は喧嘩のたびに友人を嫉妬させようと俺に気があるそぶりをするから厄介である。幼かった学生時代ならまだしも、大人になってまでその関係が続いているというのも予想外だ。

そもそも、ふたりの喧嘩の発端はいつもくだらないこと。

そのたびに彼らをなだめ、仲直りのきっかけを作り、結局元通りになるふたりを見守ってきた。

だから今回も、何度か俺のもとを訪れた那美に話を聞き、『俺じゃなくて翔真と話せ』と言い聞かせ、翔真には【いい加減那美と仲直りをしろ】とメッセージを残した。友人の役割としてはそれで十分だと思うのだが、今回はどうも彼らの間に走った亀裂が深いらしく、那美も友人も意地になっているらしい。

俺だって人の恋愛の世話をしている場合じゃないのに、本当にいい迷惑である。

【明後日だけど、到着は夜になるからすぐには会えない】

【それでも待ってる。今回ばかりは翔真のこと許せないから、昴矢と浮気しちゃうからねって宣言してあるの！】

【八つ当たりに俺の名前を使うのはいい加減にやめろ。本気で誤解されたらどうするんだ】

【いいもん、別に】

そこまでやり取りをしたところで、ホテルのデスクに置いていた腕時計で時間を見る。今日は朝からニルセンさんのところを訪れる予定なのだ。神崎さんも気合いを入れているだろうし、友人の痴話喧嘩に付き合っている場合ではない。

【もう時間がないから仕事に行く。とにかく出張が終わったら連絡するからそれまで待つか、たまには自分たちで話し合って解決してくれ】

既読がついたかどうかも見ずに、メッセージアプリを閉じる。

スマホを置いてなにげなく髪に触れるとどうやら寝ぐせがついているようで、これで神崎さんの前に出るわけにはいかないと、慌てて洗面所へ駆け込んだ。


コペンハーゲンから一一〇キロ離れたシェラン島西岸の都市、カロンボー。

岬には灯台があり、大聖堂などの歴史的建造物や美術館なども多く立ち並ぶ街並みはとても美しい。デンマークといえば酪農が盛んというイメージだが、自然豊かな土地を生かし、農園と一体になったワイナリーを営む労働者も多いそうだ。

ニルセンさんもそのひとりで、妻のアンナさんとワイナリーを共同経営している。

タクシーで移動する間、俺は周囲の広大なブドウ畑の緑を興味深く眺めていたが、神崎さんはぎりぎりまでタブレットで資料を読み込んでいる。

耳を澄ませると、彼女は小さく口を動かして英語のフレーズを呟いていた。

「そんなにずっと文字を読んでいて酔わないか？」

「Just a moment! 今話しかけないでください！　最後の復習をしているんですから」

こちらをちらりとも見ず、続きを読み始める神崎さん。

からかうわけではないが、クールに見えて出張先でも仕事に全力投球の彼女を〝かわいいな〟と思う。彼女の能力なら今さら慌てて確認しなくても大切なことは頭に入っているだろうに、心配症というか、本当に真面目なのだ。

タブレットを睨む横顔が綺麗で、つい熱い視線を送ってしまう。

彼女の色々な表情を、もっと近くで俺が独占したい。真剣に仕事をする彼女の隣で、そんな邪なことを考えながら。


「真城さん、神崎さん、ようこそいらっしゃいました」

「はじめまして、妻のアンナです」

ワイナリーに到着すると、ブドウ畑の隣にある事務所で、ニルセンさん夫妻が俺たちふたりを出迎えてくれた。ニルセンさんとはオンラインでは何度か話していたものの、実際に会って挨拶できることがとてもうれしい。

六十代のニルセンさんは少し頭頂部の薄くなった褐色の髪、灰色の瞳を持ち、恰幅のよい体格をしている。彼より十歳年下だというアンナさんは透けるような金色の長い髪と青い瞳が印象的な女性だった。

俺たちは笑顔で挨拶と握手を交わすと、ニルセンさんがさっそく畑の方へ案内してくれると言う。神崎さんと一緒に彼の後に続こうとしたら、アンナさんが彼女を呼び止めた。

「神崎さんはここに残ってちょうだい。私と一緒に別の仕事をしましょう」

「別のお仕事、ですか？」

意外な展開に、俺と神崎さんは目を見合わせる。この事務所は醸造施設とも繋がっているので、そちらを見せてもらえるのだろうか。

「ええ。ふたりには、別々にちょっとした試験を受けてもらおうと思っているの」

「試験……？」

と、いうことは。その試験に合格しなければ、俺たちの会社にワインを納品してもらえない……？

アンナさんがニルセンさんと目配せを交わすと、彼も同意するように頷く。

どうやら、夫婦で話し合って決めたことのようだ。

「どうしましょう、真城さん」

神崎さんが日本語で不安げに尋ねて来る。俺は畑の方へ連れていかれるから、彼女を助けることはできない。アンナさんがどんな試験を課してくるのかも不明だ。

「さあ、真城さんはこちらへ」

戸惑う俺たちを引き離すかのごとく、ニルセンさんが俺を外へと促す。想定外の事態だが、ここは自分たちを信じるしかない。

「大丈夫だ。俺たちは十分に準備してきた。神崎さんなら、アンナさんの試験をクリアできる」

根拠もなく言っているわけではない。今日を迎えるまでにしてきた努力は、自分たちが一番わかっている。ふたりでいた方が心強いのは確かだが、バラバラになったところで実力が半減するわけではない。

「真城さん……」

「こういうパターンは正直初めてだけど、海外出張にトラブルはつきものだ。イレギュラーも楽しむくらいの気持ちでいよう。俺のバッグだけ預かっててくれ。それじゃ、健闘を祈ってる」

正直なところ俺も少し緊張はしていたが、それを見せたら神崎さんにもきっと伝染してしまう。だからあえて余裕の笑みを彼女に向けた。

神崎さんも腹をくくったらしく、バッグを受け取るときゅっと唇を引きしめ、頷きを返してくれる。

「はい。真城さんもご武運を」

その言葉を最後に、アンナさんとこの場に残る神崎さんと別れ、俺はニルセンさんとブドウ畑へ向かう。数種類のブドウが栽培されている中でも、この農園で一番の自慢は白ブドウの女王『シャルドネ』だそう。

地中海沿岸など温暖な地域で育てると甘い果実味が特徴のブドウに育つが、デンマークのような涼しい地域では、柑橘や青りんごに似たすっきりとした酸味が出るのだと、ニルセンさんが木々の合間を歩きながら教えてくれる。

まるで我が子のことを語るようなニルセンさんを見て、それほど愛情をかけて栽培したブドウで造るからこそ、彼のワインは美味しいのだと納得する。

「それで、試験というのは具体的になにをすればいいのでしょう?」

なかなかその話が出ないのでこちらから尋ねてみると、ニルセンさんはぴたりと足を止める。ブドウの葉を揺らす風が通り抜け、静かになったところで彼が切り出した。

「外へいらしていただいたのは、真城さんにブドウの栽培方法について問うためです。神崎さんは、中でワインの風味についての試験を受けています」

「なるほど」

本当なら彼女と協力して臨みたい試験だったが、それではニルセンさんご夫妻は納得しないのだろう。担当者ふたりのそれぞれに、ワインを扱う適性がきちんとあるのか。それを見極めるための試験というわけだ。

前もって告知しなかったのは、慌てて勉強されても困るからだろう。普段から真面目に仕事をしている人間なら、きっとクリアできる。

「それでは、さっそくこの畑を見てください。私たちが採用しているブドウの木の仕立て方、その種類がわかりますか？」

ニルセンさんに問われ、等間隔に並んだ木々をジッと見る。

まず、日本のブドウ畑でよく見る、頭上いっぱいに枝を広げた『棚仕立て』でないのは明らかだ。

おそらく、これはヨーロッパに多い『垣根仕立て』。その中でも、幹を両側に寝かせているこの形は――。

記憶を辿り、どこかでよく似たブドウ畑を目にしたことを思い出す。

あれはそう、アメリカにいた頃。営業拠点はニューヨーク支社だったが、ワイン農家を訪れるために遠く離れたカリフォルニア州まで何度も出張に出向き、そこでよく似た景色を見た。

デンマークとアメリカでは気候も土壌も違うが、この記憶に間違いはないはずだ。自分を信じよう。

「これは、コルドンと呼ばれる垣根仕立てではないでしょうか？」

「ええ、正解です。収穫量に少しばらつきが出てしまう方式ではありますが、うちではあまり大人数を雇っていないので、剪定作業がしやすいこの方式を取っています」

……よかった。自信がなかったわけではないが、間違えずに済んでホッとする。

次はどんな問題だろうと身構えていると、ニルセンさんが俺の手に、作業用の手袋と剪定ばさみをポンと手渡した。不思議そうにする俺に、ニルセンさんが説明する。

「次は実技です。といっても、やり方は私が教えますから、一緒に葉の剪定をしていただきます」

「剪定……」

それは前もって予告されていた作業でもあったので、少し拍子抜けする。ニルセンさんもそんな俺に気づいたらしく、説明を加えてくれる。

「農家の大変さを知ろうとせず、数字のことばかり話す営業担当者も多いのです。ですから、一緒に汗を流していただく。それが嫌で逃げるようなら、うちのワインは預けられない。体力勝負になりますが、そういう試験です」

どうやら、肉体派の試験のようだ。確かに、これほど広い畑で作業をするには、知識だけではどうにもならないのだろう。意外な提案ではあったが、生産者の日頃の苦労を知る体験は、今回の商談だけでなく今後の営業活動にも役立つに違いない。

「わかりました。喜んで汗をかかせてください」

「頼みましたよ。あなたのように若くて体力のある人が来ると、私がサボれていい」

ニルセンさんは冗談を言って快活に笑う。試験とは言いつつも、こうして一緒に作業をすることで取引先と心を通わせたいのだという、彼の気持ちが伝わった。

「神崎さんの方もうまくいっているといいですね」

畑の中を移動しながら、ニルセンさんがそう言ってくれる。最初の質問に答えられたこと、そして剪定作業から逃げなかったことで、俺のことはある程度信頼してくれたようだ。

「神崎なら絶対に大丈夫です」

ニルセンさんの目を見て、自信たっぷりに断言する。

彼女は国内営業にいた頃から、ワインプロジェクトのリーダーだった。基本的な知識ならとっくに身についている。そしてそれ以上に、取引先への誠意ある対応は彼女の武器だ。

先日部長とワインバーを訪れた時も、神崎さんがいかに優れた営業かという話になった。営業というと数字で結果を求められる仕事ではあるが、彼女はその数字に表れない部分にも手を抜かないため、取引先からの評判が抜群だそう。

あのワインバーがいい例で、神崎さんは新入社員の時に初めてあの店で契約を取ってから、最近まで欠かさずに訪れては店主との信頼関係を築き、微々たる変化ではあるものの着実にワインの売り上げを伸ばしていたらしい。

海外営業に異動してからも、取引の大小にかかわらず愚直に仕事に取り組む彼女を俺は一番そばで見てきた。彼女には〝営業トーク〟と言われてしまうだろうが、その仕事への取り組み方には一目置いているし、尊敬もしている。

だから、今日のように突然試験を課されたとしても、彼女なら絶対に乗り越えられると確信しているのだ。

「神崎さんを信頼しているのですね」

俺の心の内を読んだかのように、ニルセンさんが言った。

「はい。かけがえのない相棒です」

あわよくば彼女もそう思ってくれていたらいいと思う。もっとも、私生活ではそれ以上の関係を目指しているし、必ずそうなってみせる。

「頼もしい言葉が聞けてよかった。それでは私たちは、作業の方に移りましょうか」

ニルセンさんは優しく微笑み、ひとつの木の前で足を止める。それから丁寧に、葉の剪定方法を教えてくれた。

神崎さんもきっと、今頃アンナさんの期待に応えているだろう。俺も今自分にできることを精一杯努めようと、上着を脱いでワイシャツの袖を捲った。

抱きしめられるのが苦手じゃなくなった日

畑に出て行くニルセンさんと真城さんを見送った後、私がアンナさんに連れてこられたのはワインのテイスティングができるスペースだった。

壁一面のワインセラーにはここで作られているワインがきちんと温度管理された状態で種類ごとに並び、フロア中央には縦にした樽の上に丸い天板がのったテーブルいくつかと、それを囲むようにしてスツールが置かれている。

そのうちのひとつに座るよう勧められ、私は恐縮しながら腰を下ろした。

「それじゃ、まずはとりあえず、私たち自慢の白ワインを飲んでいただこうかしら」

アンナさんがそう言って、ワインセラーからボトルを一本取り出す。コルク栓を抜くのには古典的なT字型のオープナーを使っていた。

「さぁ、どうぞ。率直に感想を聞かせてちょうだい」

「ありがとうございます。いただきます」

私たちが普段口にしている〝いただきます〟の意味をぴったり訳せる英語がないので、そのまま日本語で口にした。グラスに注がれた白ワインをまずは外観からたしかめ、香りを嗅ぐ。それから口に含んで、空気を混ぜ合わせながらじっくり味わう。

「レモンの皮に似た爽やかな香り、それとカモミールが合わさったような感じがします。甘味はほとんどなくて、フレッシュな酸味が心地よくて。それほど余韻は残らないすっきりとした味わいだと思いました」

長い間ワインに触れる仕事をしているため、テイスティングについても最低限の知識はある。とはいえソムリエのように専門的なことまではわからないので、できるだけ簡潔な言葉で、自分なりの感想を伝える。

アンナさんはにっこり微笑んで頷いた。

「よかった。今言ってくださったことは、このワインで私たちが伝えたい美味しさそのままよ。自慢のすっきりした酸味は、このあたりの涼しい気候で育ったシャルドネならではの特徴なの。それじゃ、今飲んだワインはどれくらいの熟成期間だったかわかるかしら？」

どうやら感想については合格だったらしい。ホッと胸を撫でおろしたのも束の間、すぐに次の問題が出されてどきりとする。

一部のヴィンテージワインや甘口の貴腐ワインを除けば、一般的な白ワインは三年以内に飲むのがよいとされている。長くても熟成は五年程度だろう。

今飲んだワインは透明感の強い色をしていたし、味わいも爽やか。だからといって出来立てではあの飲みやすさは生まれないだろうし……。

「昨年……いえ、一昨年に製造されたものではないでしょうか？」

「すごいわ、その通りよ。あなた、ワインが好きなのね」

よかった……。実のところ合っているかどうかの自信は五十パーセントくらいだったから、運もよかったのだろう。

しかし、単純な感想の次は熟成期間と、どんどん求められる回答のレベルが上がっているような気がする。これ以上専門的な知識を問われたら、すべてに正解できる可能性は――いや、ここであきらめちゃダメだ。

真城さんだって今頃、畑の方でニルセンさんから別の難しい試験を受けているのだ。彼なら絶対に合格するだろう。相棒として、足を引っ張るわけにはいかない。

崩れそうになったメンタルを立て直したくて、グラスに残っていたワインを飲み干し、アンナさんからの次の出題を待った。

すると、一旦席を離れていた彼女は先ほど開栓したボトルと新しいグラスをいそいそ持ってきて、テーブルを挟んで反対側のスツールに腰を下ろした。それからにっこりと目を細めて笑う。

「あなたになら、うちのワインを預けても大丈夫。素敵な出会いに感謝して、乾杯しましょう」

「えっ……？」

「試験だなんて意地悪なことをして悪かったわ。あなたが口だけの営業担当じゃないってことはよくわかりました。いつもオンラインであなた方と交流していた夫の言っていた通り、とっても有能な方だわ。きっと相棒の男性も今頃、夫の試験に合格しているわね」

アンナさんが、すっかり壁を取り払った様子で私のグラスにボトルを傾ける。慌ててグラスの脚を持ちワインを注いでもらうけれど、こんなにあっさりと合格を貰えるとは思えなくて、拍子抜けする。

「真城は外でどんな試験を受けているんでしょう……？」

「ブドウの栽培に関する簡単な問題と、予定通りブドウの葉の剪定よ。彼らが外で働いているのに私たちは先に一杯やっているなんて、戻ってきたら怒られちゃうかもね」

アンナさんがお茶目に舌を出して笑った。

予告もなしに試験をすると言い出された時はご夫妻ともに気難しい方たちなのかと想像していたが、どうやらこちらが本来の姿のようだ。緊張のせいでずっと力が入っていた肩から、ふっと力が抜ける。

「安心しました……。試験に不合格だったら、どんな顔をして日本の会社に戻ればいいのかと」

「そうよね。余計な精神的負担を与えてしまってごめんなさい。時々、デンマーク産のワインというだけで、私たちのワインをよく知ろうともせず欲しがる営業の方もいて……あ、先に乾杯しましょうか」

グラスを合わせ、アンナさんと乾杯する。リラックスした気持ちで味わう白ワインは試験の時より不思議と美味しく感じられ、ご夫妻がこれまで出会ってきた数々の営業担当についての話に興味深く聞き入った。

「彼……真城さん、とても美形よね。容姿だけで契約が取れる、なんて豪語する営業にも出会ったことがあるけれど、彼はどうなのかしら？」

「ノー！　彼に限ってそんな狡いやり方はしません！　ご覧の通り彼は確かにカッコいいですけど、彼のよさは見た目だけじゃないんです。困っている人を放っておけない優しさに溢れてて、そのせいで自分が損をすることになっても、誰かを笑顔にできるなら構わないっていう、正義のヒーローみたいな人なんです」

アンナさんは話し好きで、いつの間にか私を『シヅ』と呼んで気さくに接してくれるようになっていた。さらに飲ませ上手で、私は試験に合格した解放感もあって、勧められるがままにワインを口に運ぶうち、仕事中にもかかわらず軽く酔ってしまっている。

「まぁ、ずいぶん褒めるのね。正義というより、まるでシヅにとっての特別なヒーローみたいに聞こえるわ」

「それは……」

探るようなアンナさんの視線にたじろぎ、言葉を詰まらせる。

いくらなんでも、こんな場所で彼への恋心を認めるのはどうなんだろう。

アンナさんはいい人だけれど、ペアで出張している相手に片想い中、なんて知ったら、不真面目に仕事をしているように取られてしまいかねない。

そうなったらせっかく試験に合格したのが水の泡だ……。

いくら酔っているとはいえ、さすがに理性はちゃんと残っていた。

どう答えようか考えあぐねていると、出入り口のドアがガチャっと開く音がする。

「おいおい、楽しそうだな。ずいぶん仲良くなったようじゃないか」

呆れたように言って入ってきたのはニルセンさんだ。彼の背後に立つ真城さんは、ジャケットを手に持って軽くネクタイを緩めている。

屋外での作業で汗をかいたのか、前髪をかき上げた瞬間額が光っているのが見えた。普段あまり見ることのない武骨な姿に色気があり、さっきまで彼の話をしていたことも相まって、鼓動がやけに乱れる。

私は真城さんの内面に惹かれた部分が大きいから意識していなかったけれど、そういえばアンナさんにも言われた通り、彼は容姿も俳優顔負けに整っているんだった。

気づいてしまったが最後。その美しい顔立ちを直視することができない。

「ふたりともおかえりなさい。シヅはとても優秀だったわ。私たちのワインのこと、完璧に理解してくれて」

「それは真城さんもだ。うちにスカウトしたいくらい剪定作業も頑張ってくれた。私たちも仲間に入って盛り上がりたいところだが、まずは仕事の話を済ませてしまおう」

「そうね、私ったらすっかり忘れていたわ」

アンナさんはクスクス笑って、夫のもとへ歩み寄る。

仕事の話……。そうだ、彼らときちんと本契約を交わすことが今回の出張のメインイベントなのに、私はなにを酔っぱらっているんだろう。祝杯を上げるには早すぎる。

慌てて椅子から下りると、思いのほか膝に力が入らなくて体のバランスを崩す。

思わずテーブルに掴まると、真城さんがすぐに気づいてこちらへ駆け寄ってきてくれた。

「神崎さん、大丈夫？　……もしかして酔ってる？」

おそらくアルコールのせいで頬が赤いのだろう。自分でもそんな気がしたため、慌てて手のひらで火照りを冷ましつつ答える。

「す、すみません。アンナさんがとても楽しい方なので、つい乗せられてしまって」

「驚いたな。きみなら試験にパスするだろうとは思っていたけど、そこまで取引相手の懐に入ってしまうなんて」

アンナさんと一緒に楽しくお酒を飲んでいただけなのに、妙に感心されて恥ずかしくなる。

「そ、そんな大層なことでは……。きっと真城さんが私の立場だったとしても、結果は同じだったはずです」

「いや、こっちは知識というより体力という感じだったから、きみの力は大きいよ。俺も負けていられないな」

力強くそう言った彼の瞳には仕事へのまっすぐな情熱が垣間見え、やっぱりカッコいいな……と心の中だけで呟く。その直後、ふと視線を感じて我に返ると、ニルセンさんご夫妻が微笑ましそうにこちらを見ていた。さらに、アンナさんがニルセンさんになにか耳打ちしている様子も見えて、一気に恥ずかしくなる。

アンナさんってば、なにを言ったんだろう……。

居たたまれず小さくなっていると、真城さんが室内を見回しつつ言った。

「預けてた俺のバッグある？」

「は、はい、ここに」

慌てて平静を装い、スツールのひとつに置いていた彼のバッグを取って渡す。真城さんは「ありがとう」と微笑むと、まっすぐニルセンさんたちの方へ歩みを進めた。

「今日はおふたりにプレゼントがあって」

「プレゼント？」

「あら、なにかしら」

プレゼントがあるなんて私も聞かされていなかったので、ニルセンさん夫妻と一緒になってなんだろう？と思いつつ、彼の隣に並ぶ。

バッグから彼が取り出したのは大きさがちょうど単行本くらいのリボンがかかった箱。側面に印字されたアルファベットの社名『Kaburagi Stainless』には見覚えがあり、声に出さずにあっと思った。

アンナさんがリボンをほどき、箱の蓋を開ける。

「まぁ！　これは……ワインオープナー？」

「すごいな、五種類もセットになっているのか。しかも全部上質なステンレス製のようだ。こんにいいものをもらってしまっていいんですか？」

箱の中には高級感のある赤い布が敷かれていて、それぞれのオープナーの形にくぼんでいる。真城さんが特別な贈答用として手配してくれたのだろう。

「もちろんです。とても質のいいステンレスを使った日本製で、たとえば腕力のない女性なんかは、テコの原理を利用したこちらのダブルアクションがお勧めです」

「早く使ってみたいわ。そのためにはもう一本ワインを開けないと」

「わかったわかった。契約書にサインをしてからゆっくりとな」

「もしも使い勝手がよかったら、このワイナリーで販売してもいいかもしれないわ。道具にこだわる日本人が作ったものだもの。きっと人気が出るわ」

ワインオープナーに感激して、そんなことまで口走るアンナさん。たぶん、私と同じく少々酔っているせいもあるのだろう。

しかし、真城さんはこんなちょっとした隙をも見逃さない。

「ありがとうございます。もし実際にご注文したいとなったら、その時は迅速に対応いたしますのでご相談ください」

「参ったな……。神崎さんがアンナを酔わせて、真城さんからはサプライズプレゼント。見事な連携で妻を落とされたら、私にはなすすべがありませんよ」

「私たち、別にそんなつもりは……」

なんだかズルをして契約を勝ち取るみたいで、慌てて声を上げる。しかし、真城さんはなぜか堂々と胸を張っていた。

「お褒めに預かり恐縮です。ニルセンさんには畑でお話ししましたが、彼女は本当に唯一無二の存在なのです」

相棒として、だよね？　それ以上の意味があるわけがないのにドキドキしてしまうのは、やっぱり酔っているせいだと思う。

「……シヅ、これは脈ありよ。出張中に決めちゃいなさい」

私の耳元にずいっと顔を近づけ、ひそひそ囁いたアンナさん。彼への気持ちについては濁したままだったのに、すっかりお見通しだったらしい。思わず頬が熱くなるけれど、私自身、もう自分の気持ちはごまかさないと決めている。

「私、頑張ります」

アンナさんを見つめてしっかり宣言すると、彼女は笑みを深める。真城さんは内緒話をする私たちを、不思議そうに見つめていた。

その後、ニルセンさんご夫妻と無事に契約の話を済ませることができた。ワインオープナーの注文はとりあえず保留だけれど、無事に彼らの造ったワインを納品してもらえることになり、ひと安心。

夫妻は私たちのことをすっかり気に入ってくれたらしく、ご厚意で自宅でのディナーまでご馳走になってしまった。

ニルセンさんのワインには地元のチーズがよく合い、昼間も飲んだというのにまたしても心地よくワインに酔い、ホテルに戻る頃にはすっかり千鳥足だった。

「ほら、着いたよ」

タクシーを降りてからずっと肩を貸してくれている真城さんが、部屋まで送ってくれた。そっと腕をほどいてベッドに私を座らせると、手にしていたペットボトルの水を手渡してくれる。

「ありがとうございます」

受け取ってのどを潤すも、思考や体はなんだかふわふわしたままだ。

無事に契約を取れてホッとしているとはいえ、明日も仕事なのにこの体たらく。

真城さんも呆れているに違いない。彼も同じくらい飲んでいるはずなのに、まったく酔っている様子がないから。

「すみません、ご迷惑おかけしました。明日までにはなんとかお酒を抜きますので」

座ったまま膝を揃え、深く頭を下げた。

「いや、ご夫妻がふたりとも酒豪だったから俺でも付き合うのは大変だった。朝、起きられる？　モーニングコールをしようか？」

「いえ、そんな！　スマホでしつこくスヌーズしますから大丈夫です！」

「そう。……寝起きにきみの声が聞きたかったんだけどな」

静かな口調ながら、艶を含んだ低い声にどきりとする。おずおず視線を上げて彼を見ると、蠱惑的に細められた目が私をとらえた。ホテルの部屋にふたりきりでいるという事実を今さらのように認識し、どぎまぎする。

「も、もしかして真城さんも酔ってます？」

「だと思う。だから絶対これ以上きみに近づかない。自分を信用できないから」

それは、これ以上接近したら手を出すと宣言しているのと同じだった。

今でも手を伸ばせば届く距離にいるけれど、彼は自分にそれを禁じるかのように、固く腕を組んでいる。

「あの、雷の夜みたいにならないように……ですか？」

私は気づいたらそう口にしていた。ふたりきりで密室にいる状況が、あの夜とともに似ていると思ったのだ。脳裏に焼き付いて離れない、甘い口づけの記憶。そして彼の放った『ごめん』の言葉は、今でも胸に刺さったままだ。

真城さんが苦しげに目を伏せる。

「ああ。きみが恐怖に耐えている最中に、許可も得ず自分の欲を押しつけるような真似をしたことは本当に申し訳なかった。ただ……中途半端な気持ちだったわけじゃないってことだけは言っておく。きみを抱きしめてキスしたいと思った、その感情に嘘はない」

「真城さん……」

じゃあ、彼が『ごめん』と言ったのは――気持ちがこもってないどころかその逆で、溢れる感情のまま行動してしまった自分への反省と、私を気遣う優しさから出た言葉ってこと……？

トクンと胸が鳴って、頬にじわじわ熱が集まる。

しばらく沈黙が続いた後で、真城さんが顔をしかめてため息をついた。

「……って、またこれだ。きみと話をするのは出張が終わってからって約束なのに、部屋まで送った勢いで……今の、もう完全に告白だったな」

照れた顔で髪をかき上げる彼にこちらまで恥ずかしくなったけれど、こんな時まで〝いい人〟を貫く彼が微笑ましくもあった。

でも、決して彼を馬鹿にしているわけじゃない。私は何度もその優しさに救われたし、心を動かされた。そんなあなただから、こんなにも惹かれた。

「……許可は、いりませんでしたよ」

私はベッドから立ち上がり、彼のそばに歩み寄る。

あの夜、私が彼の気持ちを誤解していたのと同じように、彼もまた私の気持ちを誤解している。それを伝えるのは、今しかないと思った。

「えっ？」

「あの時、私は真城さんと同じ気持ちでした。だから謝る必要はなかったんです」

「神崎さん……じゃあ、あの時目が潤んでたのは？　俺はてっきり嫌がられてしまったんだとばかり」

「そ、それは……たぶん、ドキドキして、感極まってしまったのではないかと」

彼の目を見てそう言うと、真城さんも照れたように赤くなる。きゅん、と胸が鳴って、今ならもっと素直になれそうな気がした。

「それと、やっぱり明日のモーニングコールお願いしていいですか？　私も、あなたの声が聞きたいです」

　これが、今できる最大限の意思表示。そして、私なりの精一杯の甘えだ。

　心臓が口から飛び出しそうなほど緊張したし、声は震えていた。カッコ悪いことこの上ないけれど、相手が真城さんだから、そんな自分でも堂々としていようと思える。

「……そんなの」

　真城さんがボソッと呟く。

　よく聞こえなかったので軽く首を傾げると、ガバッと両手を広げた彼に強く抱きすくめられた。

「ま、真城さん……!?」

「そんなの、いいに決まってる。……ありがとう、志都」

　私の髪に顔を埋めた彼が、感極まったように掠れた声で囁く。

「し、志都って」

　突然の名前呼びに心臓が大きくジャンプして、顔が沸騰しそうなくらい熱い。

「嫌？」

　そう言って、彼が私の瞳を覗く。絶対にこちらの気持ちを見透かしている聞き方だ。

ちょっぴり悔しく思いながらも、本音を口にする。

「嫌じゃ……ないです」

もう、パニックになってフリーズしたり、逃げたくなったりはしない。

ゆっくり手を伸ばし、広い彼の背中にキュッと掴まる。抱き合うのをこんなに心地いいと思うのは初めてだ。それに、こんなに優しい気持ちで胸がいっぱいになるのも。

「明日も頑張りましょうね。……昴矢さん」

彼の腕の中でそっと顔を上げ、目を見つめて告げる。昴矢さんは蕩けそうな笑顔を浮かべた後、私を抱きしめる腕にギュッと力をこめた。

「あー、今俺、どんな難しい仕事もサクサクこなせる自信ある」

「仕事ならいつも完璧にこなしてるじゃないですか」

「出たな、営業トーク」

「真城さ……じゃなかった、昴矢さんのがうつりました」

「俺はいつも本気だって」

抱き合ってクスクス笑い合うだけで、びっくりするくらいの幸福で心が満たされた。

お互いにまだ決定的なひと言は口にしていなくても、気持ちが重なり合っているのがわかる。

今の私たちの関係に名前を与えるなら、相棒以上、恋人未満といったところだろうか。それも出張の間だけで、日本に帰ればもっと彼との距離は近くなるだろう。

これまでの恋愛に失敗が多い私としては、不安が少しもないと言ったら嘘になる。けれど、昴矢さんとなら手を取り合って前に進んでいける気がする。

彼との穏やかな抱擁に酔いしれながら、私の胸はそんな期待で満ちていた。


午前中の早い時間から市街地の酒販店やレストランを訪問した三日目の仕事も大きなトラブルはなく、同日の午後には荷物をまとめて空港へ向かった。二泊四日の出張も終わってしまえばあっという間だ。飛行機が羽田に到着するのが夕方になるため、会社への報告は翌日でいいと言われている。

空港からは真城さんとマンションまで一緒に帰ればいいだけだ。

「あのさ、ちょっと聞きたいんだけど」

「はい」

搭乗手続きを終え、コペンハーゲン空港からの離陸を待つ機内。隣り合う飛行機の座席で、昴矢さんがふと話しかけてきた。

「いくら出張帰りとはいえ、羽田についたらもうプライベートも同然だよな」

「……はい。大丈夫だと思います。どこか寄りたい場所でもあるんですか？」

「そうじゃなくて。いつも思ってたけど、こういう時のきみって鈍いよな」

「えっ？」

意味がわからずきょとんとしていると、昴矢さんが苦笑しながら私を見る。

「出張が終わったらちゃんと話す約束だろ。その〝終わり〟って、厳密に言うといつだろうと思って。さすがに空の上じゃ落ち着かないから、羽田に着いたあと時間をもらえる？」

改めてそう言われると、なんともくすぐったい気分になる。

お互いなんとなく相思相愛だとはわかっていても、ちゃんとした言葉では伝えていない。ようやく素直になる時が来たのだ。

「そ、そうでしたね……！　私は、大丈夫です！」

急に緊張してしまいガチガチになりながら返事をしたら、昴矢さんがおかしそうにクスッと笑う。

「なんだかいつもの志都に戻っちゃったな。昨日の夜は大胆だったのに」

「あれはお酒の力もありましたから……」

「朝電話を掛けた時もまだ少しアルコールの影響が残ってただろ。ふにゃふにゃしてかわいかった」

「わ、忘れてください……！」

約束通り彼がモーニングコールをしてくれた時、かろうじて電話には出たものの、半分夢の中にいるような状態だった。まぶたを閉じたまま、スマホから聞こえてくる昴矢さんの穏やかな声を聞いているのが心地よくて、またさらに眠たくなって、受け答えもかなり危なっかしかったようだ。

『早く起きないと、部屋まで寝顔を見に行くぞ』

電話口の昴矢さんは冗談のつもりでそう言ったのに、私ときたらなぜかうれしそうに笑ったらしい。

『いいですよ。一緒に寝ましょう』

本気で寝ぼけていたのだろう。いくら思い出そうとしてもそんなことを口にした記憶はないのだが、昴矢さんはあまりに無防備な私が心配になったそうだ。

その後自力で目覚めた私と朝食をともにしている時に、苦笑しながら教えてくれた。

『本当は一緒に寝たかったよ』と、甘い本音を添えて。

「忘れるなんてもったいない。何度も思い出して、そのたびにかわいいなって思うよ」

シートに深く身を預け、ちらりと流し目を送ってくる昴矢さん。

私の気持ちをほとんど確信しているからか、言葉でも行動でも一気に攻め込んで来ようとしているのを感じる。決して嫌ではないけれど、相変わらず男性への耐性が弱い私はただただ困ってしまう。

「あの、こういう話はもうやめましょう……！　羽田に帰るまでが出張ですので、飛行機に乗っている間は相棒の立場を逸脱しないでください！」

「じゃ、降りた瞬間からはいいの？」

「現在出張中です。お答えできかねます！」

通路側にいる彼の方からぷいっと窓の方へ顔を逸らす。子どもっぽい意地を張っているのは重々承知だが、このままじゃ私の心臓が持たない。

「からかいすぎたな、ごめん。羽田につくまでは大人しくしてるよ」

「くれぐれも、よろしくお願いします……」

「了解」

ようやく平常心が戻ってきた頃、飛行機が離陸する。

日本に帰れる安心感もあるけれど、初めての海外出張が終わってしまう名残惜しさもあり、段々と小さく、見えなくなっていくデンマークの地を、私はしっかりと自分の目に焼き付けた。

優しい愛に包まれて

帰りは一度ロンドンでの乗り継ぎを挟んだため、移動だけで二十時間あまりかかる長旅となった。日本時間の午後六時ごろ、羽田空港の第三ターミナルに到着し、無事に荷物を受け取った。

昴矢さんと並んでターミナル内を歩きつつ、凝り固まった首や肩を軽く回す。

「海外営業って、こういう長距離移動にも慣れなきゃいけないんですよね……大変」

「とくに今は俺たち北欧担当だしな。疲れてるなら、とりあえずまっすぐ帰ろうか。機内食を食べたから、そこまで腹も減ってないし」

デンマークを発つ時は思わせぶりなことばかり言って私を慌てさせた昴矢さんだけれど、こんなところはやっぱり優しいなと思う。彼自身が疲れているというよりは、初めての海外出張だった私を気遣ってくれているのだろう。

「賛成です。……長距離フライトに時差もあって、想像以上に疲れました」

昴矢さんの前では、無理に強がる必要もない。こうして本音を言える相手が隣にいてくれるだけで、とても救われる。

「だったら荷物もあるし、タクシーに乗ってしまおう。こういう時、帰る場所が同じだと楽でいいな」

「そうですね」

昴矢さんが同じマンションの住人でなければ、今日はここでお別れだったのかもしれないのか……。彼と並んでタクシー乗り場へ向かいながら、今さらのようにそんなことを思う。

いくら疲れていても、それはちょっと寂しいかもしれない。

昴矢さんとはホテルの部屋こそ別だったけれど、二泊四日もの長い間一緒に過ごしていたのに……それでも離れがたいと思っている自分に気づいて、胸がきゅっと甘い痛みを覚えた。

タクシーのトランクに荷物を積み込んで後部座席のシートに深く身を預けると、ようやく少し気が抜けた。

放心状態でただ車窓を眺めていると、太腿の上に置いていた手に、温かい彼の手が触れる。ドキッとして隣の彼を見ると、口元に人差し指を立てている。

運転手に悟られないように、という意味だろうか。彼はそのまま私の手に指を絡めて握った。困ったように彼を見つめると、昴矢さんがそっと顔を近づけて来る。ますます高鳴る胸の音を聞きながら、彼の囁きに耳を傾けた。

「羽田を出たから、もうプライベートだろ？」

「それは、そうですけど……」

疲れた私を気遣い、タクシーに乗る提案をしてくれるのはさすがだなと感心していたのに、実はこうして迫るつもりだったのだろうかと思うと、彼の策に嵌まってしまったようで悔しい。

手を握られている以外は静かに座っているだけなのに、全身がじわじわ熱くなってきて、鼓動が暴れる。

せめて彼からは目を逸らしていたくて、もう一度窓の方を向く。かわいくない反応だとわかっているけれど、羞恥に染まる自分の顔も見られたくなかった。

マンションに着くまでのおよそ三十分間、タクシーの車内で昴矢さんがそれ以上の行動に出ることはなかったけれど、私の心臓は限界に近かった。

これから告白なんて本当にできるだろうか。しかも、告白だけで済むとは限らない。

どちらかの部屋で話をすることになったら、キスか、もしかしたらそれ以上の展開になることだってある。

今さらながら、どこかレストランにでも入っておけばよかったのでは、という思いが脳裏をかすめる。しかし、どちらにしろ一緒に帰ってくるのはこのマンションだ。想いが通じ合った後どうなるかは、結局変わらない気がする……。

タクシーを降り、昴矢さんと無言でエントランスへ向かいながらも、心の中の自分との会話が忙しい。

昴矢さんは今、いったいなにを思っているのかな……。

問いかけるように少し先を歩く彼の背中を見つめてただ胸を熱くしていたその時。私たちの後ろで閉まりかけていたオートロックのドアに、なにかが激しくぶつかる音がした。

驚いて後ろを振り向くと、そこには無理やりドアを突破したらしい女性の姿があった。強引な行動に少し恐怖を感じた瞬間、女性が顔を上げる。

瞬間、私の胸がざわめいた。

「昴矢！　よかった、会えた……！」

「那美……」

呆気にとられる昴矢さんを見る限り、彼女と約束していたわけではないのだろう。

前に会社の前で待ち伏せされていた時に、会いに来るなら連絡するようにと彼がきつめに促していたはずなのに、いったいどういうことだろう。

「今日は会えないと伝えただろ。それと、今のは不法侵入だぞ」

「わかってる。……ごめんなさい。でも、どうしても話を聞いてほしくて」

「話って？」

「……その人の前では言いたくない」

唇を噛んだ那美さんが、じろっと私を睨む。

邪魔だと言いたいのだろう。不本意ではあるけれど、私と昴矢さんならいつでも話はできる。彼女にもなにか事情があるのだろうし、今追い返してもまたいつか現れるだろう。これまで何度も彼に会いに来ていたし……。

「昴矢さん、私は先に帰ってますね。話はまた今度で大丈夫です」

「志都……ごめん。後で連絡する」

昴矢さんもきっと、彼女を今追い返すのは得策でないと思ったのだろう。心苦しそうに私に謝ってから、那美さんの方へ体を向ける。

彼女のことは友人だと言っていたし、なにも心配することはないはずだ。

自分にそう言い聞かせ、エレベーターホールへと向かう。すぐにやってきたエレベーターに乗り、十八階のボタンを押してドアが閉まる寸前のことだった。

「あのね、昴矢。私、妊娠してるの」

「えっ……？」

那美さんが心細そうに口にした言葉と、虚を突かれたような昴矢さんの声が聞こえ、次の瞬間エレベーターの扉が閉まった。彼らの話が気になって仕方がなかったけれど、一瞬呆気に取られてしまったせいか【開】のボタンを押しても間に合わず、無情にもエレベーターは上昇していく。

妊娠って……まさか、昴矢さんの？

詳しい話がまったく聞こえなかったので、激しく動揺する。

彼がそんな無責任なことをするはずはない。

そう思いたいけれど、私たちはまだ事故のようなキスと、お酒の勢いに助けられたハグまでしか経験がない。そもそも、まだ付き合ってすらいない。

それで幼馴染の那美さんと彼の間にある絆に勝てるのかどうか、一気に自信を失ってしまう。

私たちが親しくなったのは、彼がニューヨークから帰国した四カ月前のことだし、その頃はまだただの同僚だった。当時那美さんからなにかしらの相談を受けていた彼が、優しさの延長で彼女を抱いた……とか。

いや、ホテルの同じ部屋にいても手を出してこない昴矢さんが、そんなことするはずない。だったら妊娠っていうのは他の誰かと？

……ああダメ。私がいくら考えても答えが出るはずなんかないのに。

心の中はぐちゃぐちゃのまま、それでもなんとか自宅へ帰って来た。

キャリーバッグの中身を片付ける気も起きず、リビングのソファにドサッと腰を下ろす。なにも考えたくないのに、昴矢さんと那美さんが今どんな話をしているのか、それればかりがぐるぐる頭の中を回って、いつもの位置に座っているボブの胸に抱きついて、顔を埋めた。

「……走ってこようかな」

正直なところそんなに体力は残っていないけれど、このままひとりで家にいたらどうにかなりそうだ。出張中はまったく運動できていないし、飛行機の中ですっかり固まってしまった体をほぐしたい。

「よしっ」

気合いを入れるためにわざと声に出して呟き、さっそくランニングウエアに着替える。思い切り走って、シャワーを浴びて、それで元気が出たら、なにか食べるものを買いに行こう。

私なら大丈夫。自分の機嫌を自分で取るのには慣れているんだから。

斜め掛けのランニングバッグを胸の前でカチッと留め、シューズに足を入れる。

エレベーターで下に降りると、エントランスにはもう誰の姿もなくホッとした。

その一方で、那美さんと昴矢さんがどこへ行ったのか、思いを巡らせてしまいそうになる。

ダメダメ、考えても仕方ないってば。軽く頭を振り、マンションの外に出る。

雨が降っているわけではないが、梅雨も近いからか夜でも少し蒸し暑かった。

デンマークがからっとした気候だったので、日本に帰って来たなと感じる。

これからもっと暑くなって、私の大嫌いな雷も増えてくるんだろうな……。

ランニングに向かない季節がやってきてしまったのを憂鬱に思いつつ、海へ向かうコースへゆっくりと走り出した。


しかし、やはり出張の疲れがあったのだろう。それほど本気で走ったわけではなかったのに、息が切れるのがいつもより早かった。通りかかった運動公園に入ると、海の見えるベンチに腰を下ろす。

私以外に人がいる気配はなく、とても静かだ。対岸の夜景が綺麗で、呼吸を整えながらただぼうっと眺める。

さて、これで気持ちもすっきりリセットできた。そのために今のマンションに引っ越してきたんだもん。明日からまた自由気ままなおひとり様生活を謳歌しつつ、仕事頑張ろう――っと。

「……って、さすがに無理……」

ベンチに座ったまま、がくっと首をうなだれる。

気分転換に来たはずなのに、体も心も重くなるばかり。結局疲労が増しただけだ。

昴矢さんがここにいたら、無理するなって叱られるかな。お説教の後はマンションまでおぶってくれるかもしれない。いつだって私よりも私のことを心配し、守ってくれる人だから。そんな昴矢さんだから、こんなにも――。

切なさに胸が押しつぶされそうになっていたその時、ふいに、バッグの中でスマホが鳴った。取り出してみると、昴矢さんからの着信だった。

名前を見ただけで涙ぐんでしまい、彼が自分の中でどれほど大きな存在なのかを思い知る。強がって意地を張るのは、もうやめたい――。

「……はい」

『志都。今どこ？　部屋のチャイムを押しても出ないから……』

……一度会いに来てくれたんだ。

那美さんとの話はそんなに長引かなかったらしい。こんなことなら大人しく家にいればよかった。

「すみません、今、走りにきてて……」

『えっ？　あんなに疲れてたのに？』

「はい。……ホント馬鹿ですよね。あたり前ですけど途中でバテちゃって、今、公園でひと休みしているところです」

話しながら、先ほど滲んでしまった涙を拭う。昴矢さんの声を聞いていると、不思議と心が落ち着いた。

『じゃあ迎えに行くよ。歩けないならおぶったっていいし』

思わず、ふふっと笑いが漏れた。昴矢さんは、やっぱり昴矢さんだ。

『えっ。なんで笑うの』

「だって、あまりにも昴矢さんが私の想像していた通りのことを言うので」

『つまらない男ってこと？』

「違います！　けど……この続きはきちんと顔を見て言わせてください」

勇気を出して、そう告げる。

昴矢さんも私の真剣なトーンを察してくれたのか、静かに『わかった』と言った。

それから公園の名を伝えると、一旦通話が切れる。

先ほど感じていた苦しいほどの切なさが、今は胸の高鳴りに変わっていた。


マンションから公園までは歩いたら十五分はかかると思うのだけれど、昴矢さんは十分もかからないうちにやってきた。出張から帰って来た時と同じ、シャツにスラックス、革靴といういでたちで。ネクタイがめくれてシャツの肩にかかっているから、相当急いで走ってくれたんだろう。

その姿を見ると、改めて思う。誰かのために迷わず行動できる昴矢さんは、誰よりカッコよくて眩しいって。

私は胸を詰まらせながらベンチから腰を上げ、彼に駆け寄った。

「ごめんなさい、迎えに来させてしまって……」

「俺の方こそごめん。那美のことできみに何度も心配をかけたよな。でも、もう大丈夫だから」

肩を上下させながら、昴矢さんが優しい瞳で私を見下ろす。彼が〝大丈夫〟というなら信じるつもりだけれど、やっぱり那美さんが放ったあのひと言は気になる。

彼女はいったい、誰の子を……。

「あの、さっき那美さんの話が少し聞こえてしまったんです。彼女、妊娠していると言っていたような気がしたんですけど、あれは……」

「ああ、今、妊娠四カ月らしい。それで情緒不安定なところもあるみたいで」

「四カ月……ということは、もしかして初めて那美さんをマンションで見かけたあの時に？」

頭の中でサッと計算すると、それくらいの時期が怪しいように思えてしまう。

彼を信じようと決めたはずなのに、私は思わず疑惑の眼差しを向けた。

昴矢さんは心外そうに眉をひそめ、軽くため息をつく。

「そうだとしたらこんな風にきみを迎えに来るはずないだろ。那美の相手は別にいる」

「で、ですよね……」

怒らせてしまったかとしゅんとする。昴矢さんは俯く私を励ますかのように、肩をポンと叩いた。

「ちょっと座って話そうか」

ベンチへ戻り、彼と並んで座る。

昴矢さんはゆっくり、那美さんとその恋人、それから彼自身の関係について教えてくれた。

那美さんの恋人は、昴矢さんと同い年の井原翔真さんという男性で、那美さんだけがひとつ年下。家が近所だったので、昔から三人で行動することが多かったそうだ。

「那美の家は親がちょっと育児放棄っぽくてさ。だから、年上の俺たちと一緒にいることが心強かったんだと思う。子どもの頃から後を追ってくる那美を、俺たちも妹みたいに扱ってた」

育児放棄……。那美さんの年齢にそぐわないあの言動も、そういう事情が絡んでいたのか。〝どこまでのワガママなら許されるだろう――〟愛情を確かめるためにそうやって大人を試す子どもの話を聞いたことがある。

「そのうち、翔真が那美のことを好きなのは気づいてたから、中学の時に告白をけしかけた。一応うまくいったけど、ふたりともどうも喧嘩っ早くて、ちょっとしたことでくっついたり離れたりを繰り返してるんだ」

「中学から……！　それはすごいですね」

「で、俺はいつも仲裁役。那美の奴、翔真に嫉妬させようとして昔からわざと俺に気があるふりをするんだ。本当は俺のこと男とも思っていないくせに」

彼の自嘲に切ない感情が滲んでいる気がして、胸がズキッとする。

今はともかく、昔は彼も那美さんのことが好きだったんじゃ……？

「じゃあ、もしかして昴矢さんに〝いい人〟の呪いをかけたのは那美さん……？」

恋人の翔真さんと喧嘩するたびに昴矢さんを頼り、気があるそぶりをするのに結局翔真さんのもとへ戻っていく。好きな相手にそんなことをされたら、心に深い傷が残っても当然だ。

「いや、そのことと那美は直接関係ないよ。ただ、俺も俺でそれなりに恋ってやつを経験するうち、ショックを受けることが多くて。背が高いとか、勉強ができるとか、みんなそういうのにつられて興味を持ってくれるらしいんだけど、付き合ってみたら結局なにか足りないらしい。いい人とか優しすぎるとか、どこが悪なのか謎すぎる理由でフラれる。その一方で、幼馴染の那美には利用され続ける。なんかもう、俺は誰からも本気になってもらえないんだなって。だから、ひたすら仕事に逃げてた」

彼が那美さんに特別な好意を抱いていたわけじゃないと知り、ホッとする。その反面、彼がエリート営業として活躍する裏に、まさかそんなネガティブな感情が隠れていたなんて驚いた。

驚いたけど……その気持ち、すごくわかる。

「じゃあ、私と一緒ですね」

「えっ？」

「私も、恋人とうまくいかなくなったのがきっかけで、馬鹿みたいに仕事に没頭したり、今のマンションに引っ越してみたりして、なんとか生きるモチベーションを保っていたんです。でも、そのおかげで昴矢さんと親しくなれたと思えば、数々の残念な経験も無駄ではなかったかなって思えます」

だから、彼ももう過去は振り返らないでほしい。

「志都……そうだな。これまできみが出会ってきた男たちが馬鹿でよかった。そうじゃなきゃ、俺のものにできなかった」

彼の手がスッと頬に手が伸びてきて、優しく撫でられる。自然と絡んだ視線は、蕩けるように甘かった。

「もう、ただの相棒だなんて言わせない」

ドキン、と鼓動が大きく脈打った。なにか言おうと思うのに、熱いものがこみ上げて言葉にならず、潤んだ瞳で彼を見つめることしかできない。

昴矢さんはぐっと私を引き寄せ、その胸に強く抱きしめた。

「好きだよ、志都」

彼の気持ちを察していなかったわけじゃないのに、言葉にしてもらっただけで今までとは比べ物にならない感情の波にさらわれる。胸いっぱいに広がるのは、幸福と、彼への愛おしさと、いつまでも煮え切れない私を今日まで根気よく待っていてくれたことへの感謝。そのすべてをこめて、私もちゃんと言葉で伝えたい。

「私も、昴矢さんが好きです。今までよりもっと、あなたの近くにいたい」

「ああ。いつもそばにいるよ」

甘い声で誓ってくれた彼が、両手で私の顔を包み込む。

キスの予感に目を閉じると、大きな影がかかって、彼の香りに包まれる。

唇に、やわらかい熱が重なった。

「ん……」

もう事故だなんて疑うこともない。しっかりと意思を持ったお互いの唇同士は、何度も何度も離れては吸い付くように触れ、愛情を確かめ合う。息継ぎのたびに吐息が熱を帯びていき、体の芯がじりじりと疼いた。もっと昴矢さんを知りたいと、ねだっているかのように。

「……今夜は、俺の部屋に連れて帰ってもいい？」

昴矢さんもきっと同じ気持ちなのだろう。キスの余韻で掠れた声で、そっと尋ねてきた。冷静を装っているけれど、瞳の奥にちらちらと危うい熱が見える。

そんな目で見つめられたら、首を縦に振る以外できなくなってしまう。

ただひとつ気になるのは、長旅とランニングで汗をかいたであろうこの体だ。

「一度、自分の部屋へ寄ってシャワーを浴びてもいいですか？」

「それでもいいけど……今夜はずっと一緒にいたいから、お泊りセット持ってうちに来るのはどう？　シャワーも貸すから」

うれしい提案ではあるけれど、恥ずかしさもある。なんとも言えずに黙り込んでいると、昴矢さんはふっと苦笑して、私の鼻の頭に軽く口づけした。

「志都と離れたくないんだ。ひと晩中こうして抱きしめていたい」

甘えた目をされて、ドキッとする。今まで彼を我慢させていた自覚もあるので、照れくささには目をつぶって、今夜は彼の願いを叶えてあげよう。

「わかりました。今夜はずっと昴矢さんの部屋にいます」

「ありがとう。そうと決まれば早く帰ろう。ちなみに、背中なら空いてるけど――」

「お、お気持ちだけで大丈夫です」

目の前でサッとしゃがんで背中を向けた彼がおかしくて、クスクス笑ってしまう。

今回は昴矢さんも私が遠慮するとわかってやっていたようだ。「そう言われると思った」と自分でも軽く笑った後、スッと立ち上がって私に手を差し伸べる。

「じゃあ、こっち」

「……はい」

彼の手に自分の手を重ね、しっかり握り合って歩きだす。時折わけもなく目を合わせては微笑み、くすぐったい幸せに胸をつつかれた。


帰宅すると、化粧品や下着など必要なものを持って昴矢さんの部屋にお邪魔した。

同じマンションの単身者用でも間取りが少し違って、部屋数も我が家よりひとつ多い2LDKだそう。ひとまず通されたリビングはモノトーンの家具が最低限だけ置かれた生活感のない部屋だった。二月に海外から戻って来たばかりだし、普段は会社にいる時間が長いから、じっくり家具を揃える暇もないのかもしれない。

部屋の中央にある大き目サイズのカウチソファに座らせてもらったものの、落ち着きなく部屋を見渡していると、昴矢さんがタオルと着替えを持ってきてくれる。

「シャンプーとかは適当に使って。志都が出たら俺も入る」

ソファから立ち上がり、昴矢さんからタオルと衣類を受け取った。いかにもな恋人同士のやり取りに、緊張が高まる。

手を繋ぐのも抱き合うのもキスも、昴矢さんが相手なら固まったりすることもなく大丈夫だったけれど、セックスはどうなるかわからない。

年齢的にあまり不慣れなのも恥ずかしい気がするけれど、だからって慣れたふりをするのはもっと無理だ。素直に、本当の自分を見せるしかない。

「ありがとうございます。それじゃ、お先に使わせていただきます」

「行ってらっしゃい」

昴矢さんに見送られ、バスルームへ向かう。浴室の使い方は完全に私の部屋と同じだったので、少しだけリラックスすることができた。……でも、本当に、少しだけ。

少しでも彼にがっかりされるポイントを減らそうとあちこち丁寧に洗ううち、これから本当に彼の手が自分の素肌に触れるのだと想像して、恥ずかしさに悶えそうになった。

永遠にシャワーを浴びていたい気分だったけれどそうもいかないので、観念して脱衣所に出る。彼が貸してくれたふわふわのタオルで体を拭くと、下着の上から、昴矢さんの白いTシャツを頭からかぶった。

私は服も持ってくると言ったのだけれど、昴矢さんは彼女にシャツを貸すことを夢見ていたらしい。どうしてもとお願いされたので、リクエストに応えることにした。

ちなみに、冬になったら絶対に例のクマ耳つきもこもこパーカーを着た私を抱きしめると、まだ夏なのに宣言している。彼の中では半年後も私と一緒にいるのがあたり前の未来なのだと思うと、うれしくなった。

彼のTシャツからはうちにもある例の洗剤の香りと、それからほんのり、昴矢さんの香りがしてドキドキする。男性用のXLサイズなので、短めのワンピースのようにお尻まですっぽり隠れた。

髪を丁寧に乾かした後、リビングの彼のもとへ戻る。

「おかえり」

そう言ってこちらを振り返った彼が、一瞬真顔になって、天井を仰ぐ。

それからもう一度私を目に映すと、感じ入ったように目を閉じた。

「……天使」

今、天使って言った？　白いTシャツがそれっぽいってこと？

「ちょっともう、ダメだ。おいで」

まさかのダメ出し……？

なぜか厳しい顔をした彼に手招きされ、軽くショックを受ける。

おずおず彼のいるソファに歩み寄り、隣に腰かける。

「そっちじゃなくて」

「きゃっ」

ぐいっと手を引かれて、彼の胸に倒れ込む。この体勢……雷の夜に抱きしめてもらったあの時と似ている。ただ、あの時とは私たちの関係が形を変えた。

もう抱き合うのに理由は必要なく、ただその幸せに浸っていればいい。

「あー……かわいすぎて今すぐ抱きたい」

「えっ？」

「嘘。でも、それくらい破壊力抜群ってことだ。……キスしていい？」

私を腕の中に閉じ込めた昴矢さんが、甘えた目で尋ねてくる。ちゃんと許可を得ようとしてくれるところが彼らしい。答える方は恥ずかしいけれど。

「……はい」

返事をして、目を閉じる。唇がふわりと優しく重なった。

けれどすぐに離れていき、昴矢さんが至近距離で私の瞳を覗く。

「シャワー、猛スピードで済ませてくるから逃げるなよ」

「この格好じゃ、逃げたくても逃げられません」

そう言って、彼に借りたぶかぶかのTシャツを引っ張る。

昴矢さんがしたり顔で笑った。

「それもそうか。俺の作戦勝ちだな」

私の頭にポン、と手を置いてソファを下りた彼は、ネクタイの結び目を緩めながら思い出したようにこちらを振り返る。

「この部屋を出て左側のドアが寝室だから、ベッドで待ってて」

「了解、です」

パタンとドアが閉まり彼が出て行くと、今さらのようにぶわっと頬が熱くなる。

とうとう、この時が来てしまった……。

彼となら、抱き合ったりキスをしたりしても大丈夫。それだけで大きな進歩だと喜んでいるのに、もう次のハードルを超えなければならないなんて。

はち切れんばかりに暴れる心臓を抱えて、彼に言われた部屋へ移動する。

「お邪魔します……」

ドアを開けて見るも真っ暗で、手探りで壁のスイッチを押す。パッと明るくなった部屋の中央には巨大なベッドが鎮座していて、思わずもう一度電気を消してしまった。

うう、ただのベッドにここまで心乱されるとは……。

ひとりで勝手に悶えながらも、観念して明かりをつける。そろそろとベッドに歩み寄り、とりあえず端に腰かけた。

手持無沙汰なので、部屋を眺めるくらいしかすることがない。

簡素なデスクにノートパソコン、本や小物が並んだ棚。見せる収納にいくつものスーツが整然とハンガーにかけられているのがお洒落だ。

リビングもそうだったけれど、ここも私の部屋よりだいぶ広い気がする。家賃も当然高いのだろう。同じ会社の同じ部署でお給料をもらっているはずなのに、昴矢さんはやっぱりインセンティブが多いんだろうな……私ももっと頑張らなくちゃ。

緊張をほぐしたくて関係のないことを考えていたら、廊下から足音が近づいてきて、ガチャッとドアが開く。

目が合った昴矢さんは上半身裸で、しかも腰にはタオルしか巻いていない。

一瞬見ただけでも張りのある筋肉質な肉体だとわかり、その色気に心臓が止まりかける。ぐりん、と首を反対側に回してその危険な姿から目を逸らした。

「お、おかえりなさい」

「ただいま」

言葉の前に「ふっ」と笑ったのが聞こえたので、彼も私が照れているのに気づいているのだろう。徐々に近づいてくる彼の気配を感じ、ギュッと目を閉じた。

ベッドが軽く軋んで、彼が隣に腰かける。顔を逸らしたままでいる私の手を、そっと握った。

「志都」

優しく呼び掛けられて、緊張がほんの少しほどける。ゆっくり振り向くと昴矢さんの穏やかな笑みがそばにあって、トクンと胸が鳴った。昴矢さんがゆっくり、私の髪を撫でる。それから、気遣うように私に尋ねた。

「セックスは苦手？」

責めるような調子ではなかった。むしろカウンセリングのように、彼の問いかけがスッと心に入ってきて、私は考えるより先にこくんと頷いていた。

「……気づいてたんですか」

「なんとなく、触れられるのが苦手そうだなって。でも、俺とキスしたり、抱き合ったりするのは嫌じゃなさそうに見える。……自惚れじゃないよな？」

「はい。昴矢さんとのスキンシップは……軽いものであれば、むしろ好き、です」

恥を忍んで告白する。

照れ隠しのつもりで、握り合っている手を軽く動かし、彼の手をすりっと撫でた。

「じゃあ、本当にあと一歩ってところなんだな。嫌なら無理強いはしないけど、俺の気持ちとしては――」

「嫌じゃないです。頑張りたいです、私」

「志都……本当に？」

「はい」

彼の目を見て、しっかりと頷く。

「ありがとう。でも、今回はきみじゃなくて俺が頑張る番だ。できるだけきみの苦手意識を取り除けるように、大切に抱くよ」

「昴矢さん……」

そんな風に言ってくれる男の人は初めてだ。いつも、男性の欲求にうまく応えられない自分が情けなくて恥ずかしかったけれど、昴矢さんの前ではありのままでいいのだと思うと、心がとても楽になる。

「好きだよ、志都。俺を信じて、全部預けてくれ」

「……はい。信じます」

絡み合う視線でお互いの意思を確認した直後、昴矢さんが唇を合わせ、キスをしながら私をベッドに押し倒した。

優しく啄むように私の唇を味わい、大きな手のひらは服の上から体のラインをなぞる。すぐには敏感な部分に触れず、肩から腕、ウエスト、腰と、マッサージするように優しいタッチで撫でられて、体がゆっくり温まっていく。

自然と力が抜けた唇の隙間に、昴矢さんの舌が入ってきた。深いキスに戸惑ったのも最初だけで、器用な彼の舌に口の中のあちこちを刺激されると、うっとりしてしまうほど心地よかった。下手でもいいから私も応えたいと思ううち、すっかりキスに夢中になる。

「もう蕩けた顔をしてる」

「だって、昴矢さんがキス上手だから……」

「ありがとう。でも、これからもっと気持ちいいことするから、覚悟して」

そう言ってキスを再開させた彼は、私の唇を吸いながら両手を胸の上に置く。

服の上からふくらみをゆっくりと捏ねられると、キスの合間に漏れる吐息に時折嬌声が混じった。

「声我慢しないで。もっと聞かせて」

「や、ダメです、それ……あっ」

昴矢さんはTシャツを捲り上げてブラを取り去ると、胸の頂を直接弄り、片方は口にまで含んでしまう。強く吸われるとびりびりと下半身へ刺激が繋がり、ベッドの上で何度も腰が跳ねた。

これまで経験した、じっと耐えるだけの行為とは明らかに違っている。昴矢さんにされることはなんでも気持ちよくて、体がずっと変だ。

声を殺そうとしてもすぐに漏れてしまうし、なによりさっきからずっと脚の間が――。もどかしさに腰をくねらせる私に気づいて、昴矢さんがショーツの隙間に手を入れる。

「志都……すごく濡れてる」

昴矢さんの指先が軽く動いただけで、恥ずかしい水音がした。言われなくても自覚していただけに、かぁっと頬に熱が集まる。こんな状態になるのは初めてで、どうしたらいいのかわからない。

「へ、変でしょうか……？」

「ううん、かわいい」

昴矢さんはニコニコしながら、頬にキスをする。

「それは答えになってませんけど……」

「かわいいから、気にしなくていいってこと。もっと見せて。俺だけに本当の志都を」

「あ、そんな急に、ん――っ」

昴矢さんの指が中でたくさん動いて、私の理性をさらっていく。

さっきまで緊張していた自分が嘘みたいに、昴矢さんのすることに素直に反応して、喘いで、そのたびに彼を欲しがったお腹の奥が疼く。

心も体も、私を構成する細胞の全部が、昴矢さんが欲しいと言っていた。

彼もまた同じように私を求める気持ちが昂ったらしく、腰に巻いていたタオルを乱雑に剥ぐ。いつでも優しい彼には不似合いなほどに凶暴な大きさをしたそれを目にして、私の喉がごくりと鳴った。

昴矢さんが汗ばんだ前髪をかき上げる。体を繋げる直前、私の頬を両手で包み込んだ彼がこつんと額を合わせ、愛おしげに目を細めた。

「こんな風に、素顔のきみが見られることがうれしい。やっと心から甘えてもらえる存在になれたんだって、そんな気がして」

「昴矢さん……」

愛情深いセリフに私の方こそ彼が愛おしくなって、自分からそっと触れるだけのキスをする。甘い視線が絡んで、今度は彼の方から何度も口づけを降らせ、シーツの上でギュッとお互いの手を握り合うと、私たちはひとつになった。

彼の温もりに全身を包まれる幸福に、目の端からつうっと涙がこぼれる。

「……ごめん、無理させたかな」

涙に気づいた彼は、切なそうな表情で私の濡れた目尻を拭う。

こんな時でも優しい彼に、恋情が募っていく。

「違います。あまりに幸せなのと……昴矢さんのこと、好きすぎて」

微笑みを浮かべて素直にそう伝えると、昴矢さんが困ったように笑う。

「そんなこと言われたら、優しく抱けなくなるだろ」

「大丈夫です。……昴矢さんになら、どんな風にされても」

「光栄だけど、今日は大切に抱くって約束だから。志都には無理させない。ゆっくり、丁寧に愛させて」

「昴矢さ——あ、ん……」

どこまでも深い愛を感じる彼の行為は、激しいそれよりむしろ甘く官能的で、体中が彼の色に染まっていくような感覚に恍惚となる。

昴矢さんと一緒にいれば、きっと私が長年抱えていたコンプレックスも、ゆっくり溶けてなくなっていくのだろう。彼の優しさに心も体も癒されたその夜、天にも昇りそうな快楽の狭間で、私はそんなことを思った。

昴矢さんと結ばれて、およそひと月が経過した。

社内恋愛なので私はとくに彼との交際をオープンにするつもりはなかったのだけれど、昴矢さんが付き合ってすぐに私が彼女であると公言してしまった。

私の悪口を言っていた後輩たちを含め女性社員の数人からは悲鳴とどよめきが上がって、今度はいったいどんな悪口を言われることになるやらと心配していたけれど。

『時代は神崎さんみたいなデキる女を求めてる。まずはメイクから真似しなきゃ！』

『バッグにめっちゃかわいいクマのキーホルダーつけてるの知ってる？　ああいうギャップの演出もさすがだよね。あれどこで買えるんだろ～』

彼女たちは休憩スペースでの噂話をやめる気はまったくないらしいけれど、その内容にはちょっと変化があった。悪口ではないにしろ、逆に気まずくてまた隠れて聞き耳を立ててるだけになってしまった。……まったく調子のいい後輩たちだ。もしもミニボブのことを聞いてきたって、絶対に教えてあげないんだから。

こうしてすっかり営業部の公認カップルになっている私たちだけれど、昴矢さんは単に言いふらしたかったわけではない。針ヶ谷さんは退職したとはいえ、例の後輩たちをはじめ、営業部で時々私のことを悪く言う社員がいると前に話したのを覚えていてずっと腹を立てていたらしい。それで、交際を公にすることに決めたのだ。堂々と恋人だと言っていた方がなにかとけん制になるし、昴矢さんが直接私を守ることができるからと。

そんなに甘えていいのかと聞くと、『半分はただの独占欲だよ』とキスをされ、黙らされてしまった。恋人になってからの彼は、とにかく甘いのだ。

そうして順調に彼との仲を深めていた、ある夏の夜。

会社帰りに寄った『残照』の静かな店内で、那美さんの恋人・翔真さんが私と昴矢さんに深く頭を下げた。

彼は私たちに謝りたいとずっと言ってくれていて、お互いの予定が合ったのがちょうど今日だったのだ。

「うちの那美が大変ご迷惑をおかけしました……！」

あまりに派手な謝罪っぷりなので、店内の注目を集めてしまう。

カウンターの向こうでグラスを磨いている店主と目が合ったので、「すみません」と口の動きだけで伝えた。店主の方に気にしたそぶりはなく、〝大丈夫ですよ〟と伝えるかのように、笑顔を返してくれる。

「那美が昴矢に頻繁に会いに行ってたあの頃、どうしても成功させたい仕事のプロジェクトがあって、アイツが体調悪そうなことも見て見ぬふりしてたんです。那美は那美で、俺が忙しくしてることはわかってるから、妊娠のことを言い出しても冷たくされるんじゃないかと思って言い出せなかったみたいで」

「……それで昴矢さんに」

彼女が妊娠の事実をあんなに必死で伝えていたのは、なかなか翔真さんに話せないでいるうちに、ひとりでは抱えきれなくなってしまったからだったらしい。

彼らは同棲しているそうで、だからこそもどかしさがあったのだろう。

「でも、あの夜昴矢に電話で怒鳴られて、気づきました。那美を不安にさせてたのは俺がちゃんと向き合ってやらないせいだって。昴矢は昔からの友達で、彼女のワガママにも慣れていて、なにより優しい奴です。だから昴矢に任せておけば那美も落ち着いて俺のところに帰ってくるって……どこか人任せでした。昴矢の迷惑も考えずに」

翔真さんもまた、昴矢さんの優しさに甘えていた内のひとりだったんだ。彼らは親しい友達だからこそ、その限度がわからなくなっていたのかもしれない。

「そのことはもういいけど、那美は？　体、大丈夫なのか？」

「ああ。寝てれば大丈夫みたいだ。俺が結婚を申し込んだ途端、安心して悪阻《つわり》がひどくなるなんて……。今まで、よっぽど気を張ってたんだよな」

翔真さんが後悔を滲ませて目を伏せる。

昔からの友人がひどく落ち込んだ姿に、昴矢さんがふっと苦笑した。

「そう思うなら早く帰ってやれ。俺と志都はこの通り、うまくやってるから」

「昴矢さんの言う通りです。那美さんきっとひとりで不安でしょうから。それと、元気な赤ちゃんを産んでくださいって伝えてください」

「昴矢、志都さん……。ありがとう」

翔真さんは謝った時よりもさらに深く頭を下げ、グラスに残っていたワインのことも気にせず、那美さんのために急いで店を後にした。

ふたりきりになると、昴矢さんは自分のグラスに口をつけ、赤ワインをひと口飲んで私を見る。

「俺たちもこれ飲んだら帰る？」

「えっ？　まだ来たばっかりじゃないですか」

仕事の後ここで翔真さんと待ち合わせて、一杯ずつ頼んだグラスワインを飲んでいる途中で那美さんの話になったから、まだ来てから三十分くらいだ。『残照』へ来るのは久々だったから、私はもう少しゆっくりワインを飲もうと思っていたのに。

「でも、志都とゆっくりできるの久しぶりだろ。まだ飲みたいならどっちかの部屋にしよう」

「……完全に下心あるでしょう」

昴矢さんと付き合い始めて一カ月。お店より部屋で飲もうと彼が言う時は、絶対に飲むだけでは終わらず、ベッドに連れ込まれるまでがセットだ。

「否定しないけど、せめて恋心と言ってくれ」

「相変わらず営業トークがお得意で」

「俺はいつも本気」

出会ってから幾度となく交わしたやり取りを口にすると、私たちは目を見合わせてクスクスと笑った。恋人同士になっても、時々相棒に戻って軽口を叩ける関係がとても心地いい。

私たちは結局、ワインを一杯だけ空にすると、そそくさと店を後にした。仕事で付き合いのある店なので、彼と手を繋ぐのは店を出てからにする。

「もういっそ、志都の部屋解約するか？　どうせ同じマンションなのに、別の部屋に帰る理由がわからなくなってきた」

……それって、一緒に住もうって意味だよね。

平日はともかく、休日はほとんどどちらかの部屋で一緒にいることが多いから、確かにその方が楽かもしれない。同棲……なんだか私たちの関係がいっそう深まっていくようで、ドキドキしてしまう。

「志都はどう？　やっぱりひとりで寛ぐ部屋があった方がいいと思うなら、無理にとは言わないけど」

「いえ。……昴矢さんと一緒がいいです」

はにかみながら彼を見上げると、ゆっくりと大きな影がかかる。あっと思った時には唇を奪われ、路上なのにと思いつつも抵抗はできなかった。

照れくさくて俯いていたら、昴矢さんが繋いだ手に力をこめて、言った。

「次の休みに、指輪を見に行こうか」

「えっ……？」

唐突に指輪と言われてもピンとこなくて、ただ彼を見つめ返す。昴矢さんは一度歩みを止めると、真剣な瞳で私を見下ろした。

「なんの覚悟もなく、一緒に住もうって言ってるわけじゃないんだ。これからも、一番近くできみのことを守りたいし、もっともっと、甘やかしたい」

「昴矢さん……」

そんなにも私とのことを真剣に考えてくれていたとは思わなかった。

一緒に住みたいと言うのも、付き合い始めの今だからこその勢いに押されているんじゃないかって。そう思いつつも、彼から言い出してくれたこのタイミングを逃すのも、少し怖かった。

昴矢さんと付き合ってからの毎日には幸せしかないけれど、やっぱり今までの恋愛経験に失敗が多いから、心の隅には不安がいつもつきまとっていたのだと思う。

もしかしたら、彼はそんな私の気持ちにも気づいていたのかな。

考えれば考えるほど昴矢さんの愛情の深さに胸が震えて、瞳が潤んだ。

彼が小さく息を吸い、少しの緊張を滲ませて口を開く。

「人生で一番の相棒になってほしいんだ。他でもない、きみに」

それは私にとって、最高のプロポーズの言葉だった。

心の奥から溢れだす熱い感情でなにも言えなくなって、たまらず彼の胸にギュッと縋りつく。優しく抱きしめ返してくれる昴矢さんを見上げ、涙を浮かべながら、私は微笑んだ。

「ありがとうございます。私も、ずっとあなたの隣で人生を歩みたい」

「ああ。一緒に歩いていこう。志都が疲れたら、俺がおぶってやるから」

結局一度も彼の背中におぶってもらったことはないのに、昴矢さんはどうもそのネタが好きなようだ。思わずクスクス笑ってしまう。

「大丈夫ですよ。ランニングで鍛えてますから」

「じゃあ、雷が鳴った時は？」

私の雷嫌いは相変わらずだった。昴矢さんが家にいればすぐに私の部屋まで駆けつけてくれるので、心細さはだいぶましになったように思う。

とはいえ彼ナシで耐えられるようになるまでは、まだ時間がかかりそうだ。

「……その時は、こうして抱きしめてください」

「もちろん。約束だ」

昴矢さんは、こうして私が素直な気持ちをさらけ出せる唯一の人。彼を失うことなんて絶対に考えられない。

それからしばらくふたりの世界に浸ってしまったけれど、そのうちすれ違う人々の視線に気づき、急に恥ずかしくなる。そそくさと体を離して駅までの道を急ぎ、もっと堂々と愛し合うため、私たちのマンションへと帰った。

「いや～、よかったよ。志都姉《ねえ》が幸せになってくれて」

「志都姉、しっかりしすぎだから貰い手があるか心配だったもんな。もうちょっとこう、要領よく生きればいいのにと昔から思ってたし」

結婚式場であるホテルの親族控室で、ふたりの弟が好き勝手なことを言っている。

ホッと息をついた方がすぐ下の弟、千笑ちゃんの夫である大志。自分も独身なのに余計な発言が多いのは末弟の勇志《ゆうし》だ。

私がこういう性格になった一因は、あなたたちにもあるのよ！

そう怒鳴りたい気持ちもあるが、今日はなにも言うまい。なにせ、今の私は純白のウエディングドレスに身を包んだしとやかな花嫁なのだ。

王道のAラインドレスは、すっきりと肩を出したビスチェタイプ。優しい暖色系でまとめてもらったラウンドブーケを持ち、ブーケに使われているのと同じ生花を、ハーフアップにした髪に飾っている。

昴矢さんにプロポーズされた夏の夜から、およそ一年と二カ月。

あれから同棲を始めて順調に愛を育んできた私たちは、穏やかな秋の日にとうとうこの晴れの日を迎えた。

「志都。今日のあなた本当に綺麗よ。あまりプレッシャーをかけたくないから言えなかったけど、こんなに美人で出来のいいあなたがなんで三十を過ぎても結婚できないのかしらって、世の中の全男に腹を立ててたくらい、自慢の娘なんだから」

「……お母さん。ありがとう」

隣の椅子で黒留袖を纏い、すでに潤んだ目元にハンカチを当てている母に、感謝を伝える。私の顔は、どちらかというと母親似。そして母は昔から美人だともてはやされて育ったようだったから、自分と似た顔の娘がずっと独身なことが歯痒かったのだろう。これまでその気持ちを胸に秘めていてくれたのは、きっと母なりの愛情だ。

「父親としては複雑なところもあるが、真城くんは落ち着きと思いやりのある気持ちのいい青年だ。いまだに子どもっぽいところのあるうちの息子たちも見習ってほしいくらいだよ」

私を挟んで母とは反対側の椅子に座り、弟たちを見やって苦笑したのは、すっかり白髪の増えた六十代の父。私の背が高いのはおそらく父からの遺伝で、昴矢さんとそう変わらない長身に、モーニングがよく似合っている。

「お義姉さん、それにお義父さんとお義母さんも、こっち向いてくださーい」

正面で、スマホを片手に合図しているのは、昴矢さんとの恋にたくさんの助言をもらった千笑ちゃん。私たちのために式で使うリングピローまで作ってくれて、指輪はピローの上にちょこんと座るぬいぐるみのクマの新郎新婦、それぞれの腕に通すデザインになっている。

さらに持ち前の明るさで神崎家の控室を盛り上げつつ、カメラマンの役割も担ってくれた。

千笑ちゃんに一枚両親との写真を撮ってもらった後、ホテルのスタッフにカメラマンを頼んで、弟たちと千笑ちゃんも含めた家族六人での撮影。

そうこうしているうちに、支度を済ませた昴矢さんが挨拶にやってきて、今度は彼とふたりで真城家の控室へ挨拶に向かう。

ホテルの廊下をふたりで歩いていると、うれしさと気恥ずかしさでなんだか妙にソワソワした。

昴矢さんのタキシード姿があまりに素敵すぎるせいもあると思う。

シルバーのジャケットに黒のベストとタイを合わせ、髪は綺麗なオールバックに撫でつけられているきっちりとした正装。凛とした横顔には、家でも会社でも見たことのない、気品と風格があった。

「……やっぱり、緊張しますね」

家族の前では平気にしていても、昴矢さんの前では少し弱気になって、本音がこぼれた。昴矢さんのご両親とは結婚前に一度彼の実家で顔を合わせているけれど、うちよりずっと立派な邸宅だったし、ご両親もどことなく上品な雰囲気で、心に余裕があった。昴矢さんの優しさには、きっと育ちの良さも関係あるのだろう。

私は弟たちと海老を取り合うような家で育ったので、真城家に嫁ぐのはやっぱり相応の覚悟と緊張を伴う。

「大丈夫。俺が隣にいるだろ」

昴矢さんがそっと私の手を握り、微笑みかけてくれる。

彼がそう言ってくれるだけで、ただの強がりではなく本当に〝大丈夫〟だと思えるから不思議だ。甘えることにもすっかり慣れた私は、彼の優しさを素直に受け取って、「うん」と頷いた。

式と披露宴には、家族や親戚の他にパンドラパントリーの同僚や、友人たちも出席してくれた。その中には昴矢さんの幼馴染である翔真さんと那美さん夫妻、そしてふたりの愛娘である祐美《ゆみ》ちゃんも、ベビーカーで参列してくれた。

私側のゲストも、年齢的にちょうど子育て真っ最中という友人が多かった。

なので気兼ねなく参加してもらえるよう昴矢さんと相談し、子どもたちの食事に配慮するのはもちろん、途中で中座しやすいようあまり凝った催しなどはしない、大きな音は流さないなど、ゆったりしたプランを組んだ。

厳かな式の最中でもかわいい喃語が聞こえるとほっこりしたし、なかなか会えずにいた友人とその子どもの顔がいっぺんに見られて、とてもうれしかった。


すべてのプログラムを終え会場の出口でみんなを見送り終わると、自然と抱いた憧れが、口をついて出る。

「私たちも、いつかは欲しいですね。赤ちゃん」

昴矢さんがふっと笑って、身を屈める。そして、披露宴が終わって忙しなく周囲を動き回るスタッフに聞こえないよう、小声で囁いた。

「いいよ。俺は今夜から子作り頑張っても」

ベッドの中で会話する時のような甘い声に、一瞬で頬が熱くなる。

彼とはまさに今日、永遠の愛を誓い合い夫婦になったわけだからなにも恥ずかしいことではない。それでも、まだスタッフが行き交う、披露宴の余韻を残した会場の片隅で言われると慌ててしまう。

「いやその、私はそういうリアルな話をしたわけではなく……！」

「嫌なの？」

昴矢さんはこうして時々狡い質問をして私を困らせる。返事はわかっているけどね、というようなしたり顔が憎いけれど、残念ながら否定はできない。

「……嫌だったら結婚なんてしませんよ」

せめてもの思いで極力そっけない言葉を選んで対抗するものの、私を見つめる昴矢さんの瞳には愛おしさがたっぷり溶けていた。

「どうしてこんなにかわいいんだろうな、俺の奥さんは」

強くて、たくましくて、かわいくない女。そう言われ続けた私に、そんな甘い言葉をかけてくれるのはあなただけ。そう思うと胸が詰まるほどに幸福でいっぱいになって、彼への愛が溢れる。私は背伸びをして、彼の耳元に唇を寄せた。

「だったら今夜は……いっぱい愛してください」

こんなセリフ、昴矢さんと出会わなければ一生口にすることはなかった。

自分の気持ちに素直になることの大切さ。

それをいつだって私に教えてくれたのは、昴矢さんだ。

「言われなくてもそうするつもりだったよ。名実ともに志都が俺のものになったって、じっくり確かめさせて」

もはや内緒話とは言えないトーンでそう言った昴矢さんは、こらえきれなくなったように私を抱きしめて、何度もキスをする。

今、世界で一番幸せな新郎新婦は、きっと私たちに違いない――。

最愛の夫の腕の中で目を閉じ甘い口づけを受け止めながら、私は長いことそんな自惚れに浸っていた。

FIN

あとがき

本作をお手に取っていただきありがとうございます！　宝月です。

これまでのベリーズ文庫がドレスコードのあるフレンチレストランだとしたら、今作はカジュアルファッションでもOKなビストロ……または、街の小さな洋食屋さん。それくらいの気軽さで楽しめる恋愛小説、というところを目指しました。

なんて、カッコつけて下手な比喩なんか使っていますが、今作、たぶんこれまでで一番改稿が大変でした……！　ゼイゼイ。

担当さんにもたぶん初めて泣き言を言ったという、思い出深い一作です（その節は大変お世話になりました～！）。

しかし大変だった分、とにかく今回の主役、志都と昴矢がもうかわいくてたまりません！　見た目は美男美女のふたりですが、人生イージーモードなんてことはまったくなくて、それぞれ悩みを抱えている。でも、胸の内を他人に明かすのって結構勇気が必要で、なかなか心を開く覚悟ができない……！　そんなモダモダ感を大事に書きました。

とくにお気に入りなのが、志都を甘えさせようと思うたびに、背中を向けてしゃがんでしまう昴矢の生態です。前世はオンブバッタ？　いや、あれはおんぶしている方がメスで、されている方がオスなんですが（突然の昆虫雑学）。

あっ。あとがきを読んでから買うかどうか決める派の読者さんが、この本を閉じて書店の棚にそっと戻す光景が脳裏に……いやいや、本編に虫は出ないのでどうかそのままレジへ持っていくのです。そう、あなたはこれを買いたくな〜る……。

なぜなら、なんといっても表紙が最高です。見てください、ツンツンした見た目でいかにも自立していそうな志都のなんとも言えない困り顔。かわいいっ。そして、エリートを具現化したようなキメ顔をしている昴矢も……前世オンブバッタのくせに超カッコいいではないか！　これは手元に置くしかありませんね。

さて、冗談ばかり書いていたら文字数が厳しくなってまいりました……（自業自得）。

最後に、表紙をご担当くださいました大橋キッカ先生、担当様方、書籍化作業に携わってくださった皆様、そして読者の皆様、本当に本当にありがとうございました！

恋はもっと、すぐそばに。このメッセージが少しでも多くの方に伝わりますように。

宝月《ほうづき》なごみ

宝月なごみ先生への
ファンレターのあて先

〒104-0031
東京都中央区京橋 1-3-1
八重洲口大栄ビル７F
スターツ出版株式会社　書籍編集部　気付

宝月なごみ先生

本書へのご意見をお聞かせください

お買い上げいただき、ありがとうございます。
今後の編集の参考にさせていただきますので、
アンケートにお答えいただければ幸いです。

下記URLまたは二次元コードから
アンケートページへお入りください。
https://www.ozmall.co.jp/enquete/IndexTalkappi.aspx?id=2301

ベリーズ文庫

この物語はフィクションであり、
実在の人物・団体等には一切関係ありません。

恋より仕事と決めたけど

2025年2月10日　初版第1刷発行

著　　者　宝月なごみ
　　　　　©Nagomi Hozuki 2025

発 行 人　菊地修一

デザイン　カバー　フジイケイコ
　　　　　フォーマット　hive & co.,ltd.

校　　正　株式会社文字工房燦光

発 行 所　スターツ出版株式会社
　　　　　〒104-0031
　　　　　東京都中央区京橋1-3-1　八重洲口大栄ビル7F
　　　　　TEL　03-6202-0386（出版マーケティンググループ）
　　　　　TEL　050-5538-5679（書店様向けご注文専用ダイヤル）
　　　　　URL　https://starts-pub.jp/

印 刷 所　大日本印刷株式会社

Printed in Japan

乱丁・落丁などの不良品はお取替えいたします。
上記出版マーケティンググループまでお問い合わせください。
定価はカバーに記載されています。

ISBN 978-4-8137-1705-8　C0193

ベリーズ文庫 2025年2月発売

『一匹狼なパイロットの溺愛に生真面目CAは気づかない～偽装結婚で天才機長は加速する恋情を放つ～』 若《わか》菜《な》モモ・著

大手航空会社に勤める生真面目CA・七海にとって天才パイロット・透真は印象最悪の存在。しかしなぜか彼は甘く強引に距離を縮めてくる！　ひょんなことから一日だけ恋人役を演じるはずが、なぜか偽装結婚する羽目に!?　どんなに熱い溺愛で透真に迫られても、ド真面目な七海は偽装のためだと疑わず…!?

ISBN 978-4-8137-1697-6／定価825円（本体750円＋税10%）

『ハイスペ年下救命医は強がりママを一途に追いかけ手放さない』 砂川雨路《すながわあめみち》・著

OLの月子は、大学の後輩で救命医の和馬と再会する。過去に惹かれ合っていた2人は急接近！　しかし、和馬の父が交際を反対し、彼の仕事にも影響が出ると知った月子は別れを告げる。その後妊娠が発覚し、ひとりで産み育てていたところに和馬が現れて…。娘ごと包み愛される極上シークレットベビー！

ISBN 978-4-8137-1698-3／定価814円（本体740円＋税10%）

『冷酷社長な旦那様が「君のためなら死ねる」と言い出しました～ヤンデレ御曹司の激重愛～』 葉《は》月《づき》りゅう・著

調理師の秋華は平凡女子だけど、実は大企業の御曹司の桐人が旦那様。彼にたっぷり愛される幸せな結婚生活を送っていたけれど、ある日彼が内に秘めていた"秘密"を知ってしまい――！　「死ぬまで君を愛すことが俺にとっての幸せ」溺愛が急加速する桐人は、ヤンデレ気質あり!?　甘い執着愛に囲われて…！

ISBN 978-4-8137-1699-0／定価825円（本体750円＋税10%）

『鉄仮面の自衛官ドクターは男嫌いの契約妻にだけ激甘になる【自衛官シリーズ】』 晴《はる》日《ひ》青《あお》・著

元看護師の律。4年前男性に襲われかけ男性が苦手になり辞職。だが、その時助けてくれた冷徹医師・悠生と偶然再会する。彼には安心できる律に、悠生が苦手克服の手伝いを申し出る。代わりに、望まない見合いを避けたい悠生と結婚することに!?　愛なきはずが、悠生は律を甘く包みこむ。予期せぬ溺愛に律も堪らず…！

ISBN 978-4-8137-1700-3／定価814円（本体740円＋税10%）

『冷血硬派な公安警察の庇護欲が激愛に変わるとき～燃え上がる熱情に抗えない～』 藍里《あいさと》まめ・著

何事も猪突猛進！な頑張り屋の葵は、学生の頃に父の仕事の関係で知り合った十歳年上の警視正・大和を慕い恋していた。ある日、某事件の捜査のため大和が葵の家で暮らすことに!?　"妹"としてしか見られていないはずが、クールな大和の瞳に熱が灯って…！　「一人の男として愛してる」予想外の溺愛に息もつけず…！

ISBN 978-4-8137-1701-0／定価836円（本体760円＋税10%）

ベリーズ文庫 2025年2月発売

『極上スパダリと溺愛婚～女嫌いCEO・敏腕外科医・カリスマ社長編～【ベリーズ文庫溺愛アンソロジー】』

人気作家がお届けする〈極甘な結婚〉をテーマにした溺愛アンソロジー第2弾！　「滝井みらん×初恋の御曹司との政略結婚」、「きたみ まゆ×婚約破棄から始まる敏腕社長の一途愛」、「木登×エリートドクターとの契約婚」の3作を収録。スパダリに身も心も蕩けるほどに愛される、極上の溺愛ストーリー！

ISBN 978-4-8137-1702-7／定価814円（本体740円＋税10%）

『追放された恥さらし王女が闇落ち中の悪魔騎士(実は最強王太子)をうっかり救ったら～奇跡の加護持ちだったうえ、妃として溺愛されてます～』朧月《おぼろづき》あき・著

精霊なしで生まれたティアのあだ名は“恥さらし王女”。ある日妹に嵌められ罪人として国を追われることに！　助けてくれたのは“悪魔騎士”と呼ばれ恐れられるドラーク。黒魔術にかけられた彼をうっかり救ったティアを待っていたのは――実は魔法大国の王太子だった彼の婚約者として溺愛される毎日で!?

ISBN 978-4-8137-1703-4／定価814円（本体740円＋税10%）

ベリーズ文庫with 2025年2月発売

『おひとり様が、おとなり様に恋をして。』佐倉伊織《さくらいおり》・著

おひとりさま暮らしを満喫する28歳の万里子。ふらりと出かけたコンビニの帰りに鍵を落とし困っていたところを隣人の沖に助けられる。話をするうち、彼は祖母を救ってくれた恩人であることが判明。偶然の再会に驚くふたり。その日を境に、長年恋から遠ざかっていた万里子の日常は淡く色づき始めて…!?

ISBN 978-4-8137-1704-1／定価825円（本体750円＋税10%）

『恋より仕事と決めたけど』宝月《ほうづき》なごみ・著

会社員の志都は、恋は諦め自分の人生を謳歌しようと仕事に邁進する毎日。しかし志都が最も苦手な人たらしの爽やかイケメン・昴矢とご近所に。その上、職場でも急接近!?　強がりな志都だけど、甘やかし上手な昴矢にタジタジ。恋まであと一歩!?と思いきや、不意打ちのキス直後、なぜか「ごめん」と言われてしまい…。

ISBN 978-4-8137-1705-8／定価814円（本体740円＋税10%）

ベリーズ文庫 2025年3月発売予定

Now Printing

『たとえすべてを忘れても』滝井《たきい》みらん・著

令嬢である葵は同窓会で4年ぶりに大企業の御曹司・京介と再会。ライバルのような関係で素直になれずにいたけれど、実は長年片思いしていた。やはり自分ではダメだと諦め、葵は家業のため見合いに臨む。すると、「彼女は俺のだ」と京介が現れ!?　強引にニセの婚約者にさせられると、溺愛の日々が始まり!?

ISBN 978-4-8137-1711-9／予価814円（本体740円＋税10%）

Now Printing

『タイトル未定(航空自衛官×シークレットベビー)【自衛官シリーズ】』惣領《そうりょう》莉《り》沙《さ》・著

美月はある日、学生時代の元カレで航空自衛官の碧人と再会し一夜を共にする。その後美月は海外で働く予定が、直前で彼との子の妊娠が発覚！　彼に迷惑をかけまいと地方でひとり産み育てていた。しかし、美月の職場に碧人が訪れ、息子の存在まで知られてしまう。碧人は溺愛でふたりを包み込んでいき…！

ISBN978-4-8137-1712-6／予価814円（本体740円＋税10%）

Now Printing

『両片思いの夫婦は、今日も今日とてお互いが愛おしすぎる』高田《たかだ》ちさき・著

お人好しなカフェ店員の美与は、旅先で敏腕脳外科医・築に出会う。不愛想だけど頼りになる彼に惹かれていたが、ある日愛なき契約結婚を打診され…。失恋はショックだけどそばにいられるなら——と妻になった美与。片想いの新婚生活が始まるはずが、実は築は求婚した時から滾る溺愛を内に秘めていて…!?

ISBN 978-4-8137-1713-3／予価814円（本体740円＋税10%）

Now Printing

『タイトル未定(外交官×三つ子ベビー)』吉澤《よしざわ》紗《さ》矢《や》・著

イギリスで園芸を学ぶ麻衣子は、友人のパーティーで外交官・裕斗と出会う。大人な彼と甘く熱い交際に発展。幸せ絶頂にいたが、ある政治家とのトラブルに巻き込まれ、やむなく裕斗の前から去ることに…。数年後、三つ子を育てていたら裕斗の姿が！　「必ず取り戻すと決めていた」一途な情熱愛に捕まって…！

ISBN 978-4-8137-1714-0／予価814円（本体740円＋税10%）

Now Printing

『冷徹な御曹司に助けてもらう代わりに契約結婚』美甘《みあま》うさぎ・著

父の借金返済のため1日中働き詰めな美鈴。ある日、取り立て屋に絡まれたところを助けてくれたのは峯島財閥の御曹司・斗真だった。美鈴の事情を知った彼は突然、借金の肩代わりと引き換えに"3つの条件アリ"な結婚提案してきて!?　ただの契約関係のはずが、斗真の視線は次第に甘い熱を帯びていき…！

ISBN 978-4-8137-1715-7／予価814円（本体740円＋税10%）

タイトル、価格等は変更になることがございますのでご了承ください。

ベリーズ文庫 2025年3月発売予定

Now Printing

『花咲くように微笑んで(救命医×三角関係)』 葉月《はづき》まい・著

司書の菜乃花。ある日、先輩の結婚式に出席するが、同じ卓にいた冷徹救命医・颯真と引き出物袋を取り違えて帰宅してしまう。後日落ち合い、以来交流を深めてゆく二人。しかし、颯真の同僚である小児科医・三浦も菜乃花に接近してきて…！「もう待てない」クールなはずの颯真の瞳には熱が灯って…！

ISBN 978-4-8137-1716-4／予価814円（本体740円＋税10%）

ベリーズ文庫with 2025年3月発売予定

Now Printing

『アフターレイン』 西《にし》ナナヲ・著

会社員の栞は突然人事部の極秘プロジェクトに異動が決まる。それは「人斬り」と呼ばれる、社員へ次々とクビ宣告する仕事で…。心身共に疲弊する中、社内で出会ったのは物静かな年下男子・春。ある事に困っていた彼と、栞は一緒に暮らし始める。春の存在は栞の癒しとなり、次第に大切な存在になっていき…。

ISBN 978-4-8137-1717-1／予価814円（本体740円＋税10%）

Now Printing

『この恋、温めなおしますか?～鉄仮面ドクターの愛は不器用で重い～』 一《いち》ノ《の》瀬《せ》千《ち》景《かげ》・著

アラサーの環は過去の失恋のせいで恋愛に踏み出せない超こじらせ女子。そんなトラウマを植え付けた元凶・高史郎と10年ぶりにまさかの再会!?　医者として働く彼は昔と変わらず偏屈な朴念仁。二度と会いたくないほどだったのに、彼のさりげない優しさや不意打ちの甘い態度に調子が狂わされてばかりで…！

ISBN 978-4-8137-1718-8／予価814円（本体740円＋税10%）

タイトル、価格等は変更になることがございますのでご了承ください。